DUMONT Speicher

JUDITH KUCKART, geboren 1959 in Schwelm, lebt in Zürich und Berlin. Zuletzt erschienen im DuMont Literatur und Kunst Verlag der Roman *Lenas Liebe* (2002), der Erzählband *Die Autorenwitwe* (2003), die Neuausgabe ihres Romans *Der Bibliothekar* (2004) sowie 2006 der Roman *Kaiserstraße*. Judith Kuckart wurde u. a. mit dem Rauriser Literaturpreis, dem Stipendium der Villa Massimo und dem Deutschen Kritikerpreis ausgezeichnet.

JUDITH KUCKART

# Dorfschönheit

*Dorfschönheit* erschien zuerst in Judith Kuckarts Erzählband *Die Autorenwitwe*, der 2003 im DuMont Literatur und Kunst Verlag veröffentlicht wurde.

Erste Auflage 2006


Ausstattung und Umschlag: Groothuis, Lohfert, Consorten (Hamburg)
Umschlagabbildung: Picture Alliance
Gesetzt aus der Quadraat
Gedruckt auf säurefreiem und chlorfrei gebleichtem Papier
Satz: Greiner & Reichel, Köln
Druck und Verarbeitung: fgb • freiburger graphische betriebe • www.fgb.de
Printed in Germany

ISBN 10: 3-8321-7971-2
ISBN 13: 978-3-8321-7971-7

Für Ruth

I.

Sie weiß, sie hat zuviel getrunken. Trotzdem ist das, was da zweieinhalb Meter vor ihr im Scheinwerferlicht liegt, ein Papagei. Es ist die Nacht vom 16. auf den 17. November. Der Papagei liegt auf einem dünnen Tuch Schnee.

»Fahr mich zurück«, sagt sie zu dem Mann am Steuer. Er aber starrt auf den schwimmbadgrünen Vogel, der die Krallen wie Knoten an den Leib gezogen hat.

»Er friert«, sagt sie.

»Er ist tot«, sagt er.

»Das führt hier zu nichts. Laß uns wenden.«

»Das führt hier nach Hause.« Er zeigt auf den Wegweiser unter dem Schild Bischwiller. Sesenheim ist noch zweiundzwanzig Kilometer entfernt. Eine Hand auf seinem Bein, stößt sie die Tür auf.

»Fahr zurück, sonst ...«

»Wegen dem Vogel?« Er zündet sich eine Zigarette an. Dabei schiebt er das Kinn vor, und die Zigarette steht im spitzen Winkel zum Gesicht. Sie reagiert auf ihn, auch wenn sie gar nicht gemeint ist. Schön, dieser Mann. Was er nebenbei tut, liest sie gern als Vorspiel. Hoffentlich hört er nicht auf zu rauchen, solange sie sich kennen. Auch ihre Spülmaschine räumt er seit fünf Monaten ein, aber unregelmäßig.

»Fahr zurück.«

»Ach Fede.« Seine Stimme greift in ihren Nacken, »ach Fede, wegen dem komischen Vogel?«

Reden wir jetzt miteinander? hat er an jenem Sonntag abend vor sechs Monaten gefragt, während sie, schlecht gelaunt und noch schlechter angezogen, auf eine Musikband mit Cowboyhüten starrte, die auf dem fast leeren Marktplatz von Sesenheim gegen Nieselregen und Dunkelheit anspielte. Es war kurz vor elf, Ende Mai, und das Schützenfest war bis auf ein paar verlorene oder betrunkene Seelen bereits den Sägespänen überlassen. Jemand setzte sich auf den freien Barhocker in ihrem Rücken und sagte lange nichts. Die Band kündigte eine Zugabe an, nach der niemand verlangt hatte. Eine ziemlich junge Männerstimme räusperte sich noch mal.

»Hallo, reden wir jetzt miteinander?«

Sie drehte sich um und sagte »Nein«, und noch während sie wegschaute, dachte sie: Scheiße, ist der hübsch. Sie drehte sich noch einmal um.

»Sagen Sie mal, gehen Sie noch zur Schule?«

»Wieso, bist du etwa Lehrerin?«

Drei Stunden später stand er rauchend an ihrem geöffneten Fenster. Verwöhnt, dachte sie, vielleicht teilnahmslos, vielleicht feige. Sie benannte seine Eigenschaften am ersten Abend, um sich später darum nicht mehr kümmern zu müssen. Er hatte ihr Rad vom Schützenfest nach Hause geschoben und sie auf einer Bank bei der Kirche schlecht geküßt. Clemens, vierundzwanzig, sicher gefiel er den Frauen. Ihr auch.

Dann ist es November geworden.

Sie schaut Clemens neben sich im Wagen an. Abends, wenn sie sich sehen, spricht er nicht viel. Er schaut sie nur an, vielleicht erstaunt, daß sie sich kennen. Er ist jung, fünfzehn Jahre jünger als sie, und was sie sich in der Nacht hinüberreichen, nennen sie nicht Liebe.

»Los, fahr mich zurück.« Fede wippt mit dem rechten Fuß gegen die geöffnete Beifahrertür.

»Laß uns nach Hause fahren. Es ist kalt«, sagt er. Sie starrt auf den Papagei, dann auf die Tannen am Straßenrand. Die Nacht ist klar und streng. Sie fragt sich, wann er zu Ende geraucht haben und was er dann tun wird. In der Ferne kann sie die Lastwagen hören, die über die Autobahn fahren. Der Sternenhimmel über ihnen ist so weit, daß sie gar nicht hinschauen mag. Der Himmel ist eine große Einsamkeit. So etwas merkt Clemens nicht.

Die Nacht nach dem Schützenfest hat er auf ihrem Teppich zwischen zwei roten Wolldecken verbracht. Sie hat gesagt, sie lasse keinen Mann in ihr Bett. Er hat gefragt, wieso, bist du verheiratet? Bevor sie am Montag morgen zur zweiten Schulstunde gegangen ist, hat sie sich zu ihm gelegt. Keine Liebe, nur eine Liebesgeschichte, vielleicht nur eine Geschichte, hat sie festgelegt, als sie zehn Minuten später auseinanderrollten. Sie hat eine Schürfwunde am Rücken gehabt, vom Teppich. Er ist mit dem Finger dort entlanggefahren. Hat Baustelle zu der Wunde gesagt. Er hat die Stelle geküßt: Das kommt davon, wenn du einen nicht im Bett haben willst! Und ihr Herz hat aus einem langsamen Leben heraus schneller zu schlagen begonnen.

Clemens schnippt mit geschlossenen Augen die Zigarette aus dem Fensterspalt. »Ich will nach Hause.«

»Deine Mama wartet wohl?«

Er arbeitet bei einer Lebensversicherung in Straßburg und lebt bei seiner Mutter, oben unterm Dach, in einem zweistöckigen Haus an der Straßenkreuzung nach Drusenheim und Soufflenheim. Unten im Haus ist rechts ein Geschäft für Alimentation, das betreibt seine Tante. Links das Geschäft für Bonneterie gehörte seiner Mutter. Die Frauen sind Schwestern. Die Mutter läßt die Schaufensterbeleuchtung die ganze Nacht brennen, die Tante nicht. Die Tante ist die ältere. Clemens hat Fede das Haus einmal auf dem Rückweg vom Kino gezeigt, vom Auto aus, und dabei in seinem Vertreteranzug neben ihr gesessen, in dem er noch jünger aussah, als er wirklich war.

»Das da oben ist mein Zimmer.«

In sein Dachfenster hinein wuchs der dünne Arm einer Glyzinie und hielt sich dabei an einem roten Regenrohr fest. Das hat sie gesehen, bevor sie am Bankautomaten gegenüber seinem Haus eilig siebenhundert Francs zog und, zurück auf dem Beifahrersitz, die Scheine gleich nachzählte, obwohl er zum ersten Mal von sich erzählte. Er hat die brennende Zigarette auch damals aus dem Fenster geschnippt und aufgehört zu sprechen. Einen Augenblick lang sind sie still gewesen. Dann hat er gelacht.

»Egal.«

Es war ihm wirklich egal, denn er hatte dank ihr ein Rätsel mehr in seinem Leben gelöst. Wie bekomme ich eine Frau ins Bett, die immer alles besser weiß? Und ein paar Nächte später hat sie von seinem Fenster aus auf den Bankautomaten geschaut.

»Fahr mich zurück«, sagt sie ein drittes Mal.

»Das führt doch zu nichts«, sagt er.

»Das führt nach Straßburg«, sagt sie.

Ich werde mich ganz vorn hinsetzen, hat sie gedacht, als sie schließlich die Postkarte in die Tasche schob. Das ist vor einer Woche gewesen. Sie hat das Gartentor mit der Hüfte geschlossen, während sie sich die Handschrift ansah. Das war er, diese Schlingen an den Buchstaben, die sich nach oben und unten auf das Papier warfen. Erst las sie die Schrift, dann las sie die Nachricht, während sie langsam durch den Garten Richtung Kellereingang ging, um den Kittel hinter der Tür aufzuhängen. Sie, Ende Dreißig, blond und Dorfschullehrerin in Sesenheim an der Moder. Als sie nach dem Studium ins Dorf zurückkam, starb gleich der Vater. Die Mutter schüttelte drei Wochen lang den Kopf und ihre Stimme wurde immer lauter, bis auch sie starb. Das war im Frühling vor fünfzehn Jahren. Sie, Fede, ist im Ort geblieben. Seit dem Tod der Eltern hat sie deren Haus an ein kinderloses Lehrerpaar aus Karlsruhe vermietet. Die kommen am Wochenende. Schaut Fede im Haus der Kindheit nach dem Rechten, zähmt und gießt sie den Garten, leert sie die Mausefallen, dann zieht sie dabei den blauen Kittel der Mutter an und hängt ihn nach zwei Stunden wieder hinter die kleine Tür zum Garten, an den türkisfarbenen Haken, der früher einmal zu hoch für sie war. Wenn sie dort ist, hört sie manchmal, mit dem Rücken an jene kleine Tür gelehnt, das Herz in sich schlagen und zählt mit, was in ihrem Leben nicht war. So taucht dann am Ende eines Nachmittags, in einem geschlossenen Raum, der nach altem Obst riecht, in einem kleinen Ort namens Sesenheim jene schwarze unversöhnliche Einsamkeit auf, die eigentlich nur im All wohnt. Dann lehnt sie da und meint, es gibt sie schon nicht mehr. Es gibt sie nur noch für die anderen.

Ja, ihr Leben ist kürzer, die Abende länger geworden, während sie beim Haarewaschen der Farbe auf ihrem Kopf mit Essig, Zitrone und Kamille nachhilft, und manchmal mit dem Tubenblond aus dem Drogeriemarkt. Sie korrigiert die Klassenarbeiten am Küchentisch, während nebenan im Schlafzimmer der Radiowecker klassische Musik spielt. Seit zwei oder drei Jahren schaltet sie beim Korrigieren die gelbe Lampe an der Decke aus und eine grüne Schreibtischlampe auf dem Küchentisch an. So wird das Zimmer kleiner. So kann sie die Hände in einer Lichtinsel ausstrecken und sich einbilden, gleich unter der Tischplatte gäbe es Trost. Frauen ab fünfunddreißig werden jede Nacht heimgesucht von fünf Minuten der Angst, hat sie in einer dieser Zeitschriften für die Schönheit gelesen. Und: Kinderlosigkeit verursache Gefühlsverkalkung. Seitdem macht, was bislang normal gewesen ist, sie unsicher und beklommen: Der kurze Schulweg, schnelles Autofahren, die Dämmerung im Herbst, Kino, Einkaufen am Samstag mittag kurz vor Ladenschluß, die Männer an der Kasse hinter ihr.

Männer an sich.

Früher ist sie anders gewesen.

Sie hat von der Postkarte hochgeschaut. Auf dem Gartenweg lag eine vergessene Pflaume vom Herbst. Sie hat ihr Herz im Mund geschmeckt.

»Was hat der eigentlich gemacht, daß du so durcheinander bist?«, fragt Clemens.

»Gelesen.«

»Und was?«

»Eine Novelle.«

»Und so was gefällt dir?« Clemens beugt sich zu ihr, knöpft ihren Mantel auf, dann die Jacke, bis das V des Pulloverausschnitts freiliegt. Er beugt sich tiefer und küßt die Spitze des V, und trifft sie auf diese Weise genau.

»Hast du ganz vorn gesessen?«

Sie schiebt einen Daumen in seine Faust. Er wird den Moment verpassen, wo er nicht mehr jung ist.

Doch eine Art Liebesgeschichte, hat sie sich zwei Monate nach ihrer ersten Begegnung korrigieren müssen, während sie allein die Spülmaschine einräumte, weil Clemens im Kino war. Sie hat dabei sein dunkles, hübsches, schweres Gesicht vor sich gesehen und mußte lächeln. Dieser Clemens, der ging auch in jeden Film, wenn nur das Plakat groß und bunt und die Handlung schlimm und simpel war. Wäre sie ein Film, er ginge nicht hinein. Aber sie ist sie. Außerdem ist es ihm egal, was sie sagt. Er nimmt ihr Reden nur als Musik auf. Mag ihre Stimme. Sie könnte auch den ganzen Tag tirilili sagen. Sie weiß seine Größe, sein Gewicht auf ihr, sie kennt sein Staunen danach, wenn er von ihr rollt. Ich lebe ja noch! Und schon hat er alles vergessen, geht zum Kleiderschrank, den er von der sparsamen Tante hat, um ein frisches kariertes Hemd anziehen, das bis zu ihr herüber nach dem Weichspüler seiner Mutter riecht. Wenn sie abends auf seinem Sofa liegt, hat sie einen Wedel seiner Zimmerpalme im Gesicht. Sie haßt Topfpflanzen. Sie zählt die Buchrücken in seinem Regal. Eins, zwei, drei: Le Carré, Stephen King, Englisch für Hochstapler, Mathematik für die Oberstufe, während Clemens mit dem Zeh in sie hineingeht und seine Augen schwarz werden und irgendwo in der Ferne an einem noch schwärzeren Riß entlangschauen. Mit dem Mund ist er schon wieder über ihr, wenn sie noch nicht alles gesehen hat: den Stapel Gesellschaftsspiele, die Stofftiere, Fotoalben, rustikale Aschenbecher und sieben häßliche Kerzenständer aus Kaufhausgold. Er richtet sich auf und nimmt ihr den Palmenwedel aus dem Gesicht.

Jetzt muß ich wegen dir früher sterben.

Warum?

Weil ich wegen dir nicht genug schlafe.

Seine Hände riechen nach Zahnpasta, wenn er morgens das Haus, mit dem Hemd aus der Hose, verläßt, damit bloß jeder und vor allem die alte Tante sieht, er hat diese Frau da oben im Bett, die immer alles besser weiß und trotzdem wieder einschläft, einen Fuß in die Restwärme seiner Betthälfte hinübergestreckt. Unter dem Fenster fährt er die Autoantenne aus, um noch einmal auf sich aufmerksam zu machen.

»Und? Hast du dich ganz vorn hingesetzt?«

»Nein.«

»Warum nicht, vielleicht ginge es dir dann jetzt besser.«

»Alles besetzt, als ich kam.«

»Alles?«

»Ja, alles. Mit Damenschirmen.« Sie beugt sich vor und sucht in ihrer Tasche herum. »Auf jedem Stuhl ein Damenschirm«, wiederholt sie.

Er lacht und legt seine Hand ganz unten auf ihren Rücken.

»Laß uns nach Hause fahren, da gibt es auch Bücher.«

»Aber nicht eines hat so eine Novelle wie seine.«

»Und so etwas Altmodisches gefällt dir?«

»Ich gefalle mir besser, wenn ich bei so etwas Altmodischem zuhöre.«

»Meinst du, du wirst vom Zuhören schöner?«

»Mann«, sagt sie da. Sie beugt sich zu ihm, will sein Gesicht mit dem Gesicht berühren. Er schaut weg.

»Der, der ist doch, der ist ...« Er stockt.

Ortseingang Bischwiller. Eine Gruppe von fünf Tannen, ein Mann und eine Frau und eine Donnerstagnacht, die sich anfühlt, als sei Freitag. Er starrt auf den Papagei, sie auf die Gruppe Tannen. Dicht über dem Boden tauchen sie alles in grüne Nacht. Tannen sind schuld daran, daß manche Nächte nicht nur dunkel sind, sondern Gespenster.

»Wenn du jetzt einfach weiterfährst.«

»Klar fahre ich weiter«, sagt er, »da kann auch der Papagei nichts machen.«

»Wenn du fährst, gehe ich zu Fuß nach Straßburg.«

»Das wirst du wohl müssen.«

»Ach komm«, sagt sie. Wieder starren sie sich an, jeder von seiner Seite des Lebens.

»Du willst wegen dem zurück. Der sitzt doch sicher noch da und schreibt für Frauen kurz vor der Menopause seinen Namen auf die erste Seite seines Romans.«

»Novelle, nicht Roman«, sagt sie. Noch immer stehen sie im Leerlauf. Leise drückt er den Fuß gegen das Gaspedal, leise, wie einer, der traurig geht.

»Der, der ist, der ist doch …« Er schaut sie unglücklich an. Es ist die Nacht vom 16. auf den 17. November.

»Du bist doch zu jung für den«, sagt er. »Und wer ist dieser Kerl überhaupt?«

Sie steigt aus. Schlägt die Tür. Er fährt, und sie steht da und hält sich an ihrer Handtasche fest. Er fährt einen Bogen um den Papagei und streift mit dem Scheinwerferlicht die Tannen. Sie hat den Klang ihrer eigenen Schritte im Kopf, wenn sie sonnabends als letzte über einen langen Flur das Schulhaus verläßt, der Hausmeister hinter ihr herfegt und ruft: Schönes Wochenende, Mademoiselle Brion, und sie antwortet: Bis Montag, Monsieur Berger. Und der Besen von Monsieur Berger trifft sie beinahe an der Ferse, wenn sie vor ihm her durch den langen Schulflur läuft. Sie verläßt das Schulhaus Richtung Osten. Das Apartmenthaus, in dem sie wohnt, liegt am Rand des Dorfes. Auf dem Weg dorthin kommt sie jeden Tag am Haus ihrer Eltern vorbei, wo die Büsche großzügig über den Zaun wuchern. Fedes einziger Schlüssel paßt überall in ihrem Apartmenthaus, unten in die Haustür, oben in ihr Wohnschließfach. Er paßt zu Keller, Waschküche, Speicher und Fahrradraum. Im Zimmer steht ein englisches Metallbett, neunzig Zentimeter breit, ein Vertiko, ein Videorekorder, ein Computer, ein türkisches Teetischchen mit vier alten Holzstühlen von daheim, ein lila Sofa, und der Toilettendeckel ist schwarz. Dort im Bad stellt sie die Tuben mit der Aufschrift *Für Reife Haut* mit der Aufschrift zur Wand, wenn Besuch kommt. Anziehsachen und Schuhe hat sie im Flur, von wo aus auch die Küche, zwei Schritte breit und drei lang, abgeht. Auf dem Küchentisch steht der Computer. Im Schlafzimmer, mehr eine Kammer, hat sie ihr Archiv, einen kleinen Kopierer und alle Bücher, die sie in den letzten fünfzehn Jahren für die Schule brauchte. Es gibt in der ganzen Wohnung kein Muster, außer den Teerosen an der Sofawand. Die Tapete hat sie ehrgeizig ausgesucht. An manchen Sonntagnachmittagen zählt sie die Rosen, auf dem Rücken liegend, nach. Und manchmal wählt sie dann eine Telefonnummer. Seit einem halben Jahr ist es die von Clemens.

Fede dreht dem Ortseingangsschild Bischwiller energisch den Rücken zu und läuft die Landstraße entlang Richtung Straßburg. Ein leidenschaftliches und lächerliches Unternehmen. Der Mond beleuchtet es. Die Novembernacht ist windig und schauerlich. Es ist die Nacht der Leoniden, die sich nur alle dreiunddreißig Jahre so prächtig zeigen. Sternsplitter stürzen wie Regen auf die Erde zu. Ihr enger Rock spannt sich bei jedem Schritt. Natürlich ist sie nicht mehr ganz bei Trost, in ihrem Kopf lassen sich Fühlen, Denken und Erinnern nicht mehr voneinander unterscheiden. Sie muß sich beeilen. Sie muß ihn noch einmal sehen. Sie hat so viele Erinnerungen. Aber was will sie ihn fragen? Einzelheiten soll er ihr erklären, beschließt sie, nichts Grundsätzliches. Warum auf der letzten Postkarte zum Abschied Pfingstrosen waren. Ein Bündel unbefangener Pfingstrosen im September? Warum er ihr jetzt wieder geschrieben hat, wieder so eine alberne Blumenkarte, mit der Einladung, zu seiner Lesung zu kommen. Nach all den Jahren. Warum? Denn solche Einzelheiten halten das Ganze zusammen. Wenn sie sorgfältig miteinander sprechen, mag danach nicht alles gut, aber einiges besser sein. Sie geht so schnell, kaum daß ihr Schutzengel ihr folgen kann. Als sie ein Motorengeräusch in ihrem Rücken hört, hebt sie die Handtasche, damit Clemens sie auch sieht.

Ein Taxi bremst scharf neben ihr.

»Warten Sie einen Moment.« Sie zögert.

»Warten Sie«, sagt sie noch einmal, und ihr Ton hat sich geändert, »ich muß mal eben.«

Sie verschwindet hinter einem Baum. Der Taxifahrer läßt den Motor laufen und schaltet die Uhr ein.

2.

»Sesenheim kenne ich«, sagt der Taxifahrer, während sie Richtung Straßburg fahren, und sie, in den Rücksitz schräg hinter ihm gedrückt, nickt.

»Wegen Goethe, aber eigentlich ist Sesenheim nur ein Fleck an der Moder, wo die Frauen die Wäsche zu lange draußen hängen lassen. Übrigens, darf man hier rauchen?«

Er nickt in den Rückspiegel und sucht ihre Augen und hält ihren Blick fest. Ein Blick, länger als drei Sekunden, ist ein Kontakt.

»Ich weiß nicht, wie die Frau damals in Sesenheim hieß«, sagt er.

»Welche?«

»Na, die von Goethe. Er soll doch da mal eine gehabt haben.«

Fede schweigt, dreht das Fenster herunter, wirft die Kippe raus. Denkt an Clemens. Denkt an den Papagei. Und denkt an noch was.

»Mathilde«, sagt sie, »sie hieß Mathilde.«

»Die von Goethe?« Der Taxifahrer wiegt den Kopf. »Sind Sie da sicher?«

Pastor Kehler und seine Frau haben Mathilde damals aufgenommen. Sie und ihren Papagei. Mathilde ist vor vier Jahren für ihr letztes Schuljahr aus dem Waisenhaus Colmar nach Sesenheim gekommen und Fedes Schülerin gewesen. Mathilde ist anders als die anderen Mädchen im Ort. Sie ist mehr als nur jung und sieht aus wie Marilyn Monroe, als die noch nicht Marilyn Monroe war. Mathilde klemmt ihre leberwurstfarbenen Haare mit zwei alten Wellenreitern von Frau Pastor hinter die Ohren und hat schiefe Zähne. Trotzdem. Wenn sie auf der Bank bei der Bushaltestelle sitzt und liest, fahren die Autos langsamer. Eines Tages ist Fede mit Clemens vorbeigefahren.

»Fahr mal langsamer«, hat Fede gesagt. »Da ist die Mathilde.«

»Welche Mathilde?«

Fede ist ausgestiegen. Clemens folgte. Mathilde schlug ihr Buch zu und stand von der Bank auf. Das kleine T-Shirt ließ ihren Bauch frei. Der Anblick hat Fede gestört. Denn ihr war, als sähe sie sich selbst im Rückspiegel eines vorbeifahrenden Autos auf der Dorfstraße stehen, plötzlich wieder siebzehn und wieder nur darauf wartend, daß das Leben endlich vorbeikommt. Sogar Farbe und Marke des Autos, das so ein Leben fährt, waren damals vorbestimmt. Ein silbergrauer Ford, in Fedes Fall. Der Ford von Wendisch. Von Wendisch, damals, vor fünfzehn Jahren.

Welche Farbe und Automarke Mathilde bevorzugt, hat Fede nicht gewußt. Sie hat aber energisch am Saum von Mathildes T-Shirt gezogen und den Stoff in den Bund der Jeans gestopft.

»Aber das trägt man so.«

»Aber hast du das nötig?«

Irgend etwas hat auf dem T-Shirt gestanden. Zicke? Vielleicht. Auf jeden Fall zeichneten sich Mathildes Brüste unter den fetten Buchstaben ab. Fede hat ihren Mantel zusammengeschlagen und gesehen, wie Clemens sich beide Frauen sehr genau ansah. Es ist mehr ein Reflex als eine absichtliche Geste gewesen, daß sie ihn da zum ersten Mal ins Gesicht faßte, auf offener Straße, mit zwei Fingern über seine Wange fuhr und Clemens deswegen erstaunt, erfreut und dann ein wenig spöttisch sie angeschaut hat.

Das sei ihre ehemalige Schülerin Mathilde, hat Fede zu laut gesagt und ihren linken Handteller in Richtung des Mädchens geschoben. Als ob sie um etwas bäte. Und das sei Clemens. Sie hat die rechte Hand nach ihm ausgestreckt und dann beide Hände zueinander geführt und gemerkt, sie ist allein. Denn Clemens und Mathilde haben sich angeschaut in dem Moment, und der Moment dauerte und gehörte den beiden. Mathilde hat, während sich eine kleine Haarsträhne aus dem Wellenreiter losriß und auf ihrer Stirn nachzitterte, sehr ruhig gesagt: »Ich weiß, ich habe Sie schon oft gesehen. Sie fahren doch unter der Woche nach Straßburg in einem blauen Peugeot? Sie fahren manchmal an mir vorbei.«

Fede hat die Hände in die Manteltaschen geschoben. Der Moment zwischen Mathilde und Clemens war einen Moment zu lang gewesen. Sie standen zu dritt auf der Straße. Es wurde langsam dunkel. Schon hat Fede die beiden herumspazieren sehen, bis hinunter zum Fluß, das Licht bräunlich, wie immer an späten Sommertagen. Er sicher schneller und schneller, um die anderen Spaziergänger abzuhängen. Um mit ihr und den zwei langen Schatten an ihren Fersen allein zu sein. Um später im Dunkeln ganz mit ihr allein zu sein, und das nicht nur, um Anfangsbuchstaben in Baumrinden zu ritzen. Fede hat die leere Straße hinuntergeschaut. Ja, es wurde dunkel. Auch die Dämmerung war so ein Prozeß, der sich nicht aufhalten ließ. Endlich ist Mathildes Bus gekommen.

»Wie findest du sie?« hat Fede gefragt, als sie neben Clemens wieder im Auto saß.

»Es geht«, hat er gesagt. »Ich habe nicht so genau hingeschaut.«

»Ha«, sagt der Taxifahrer. Er nimmt mit links eine scharfe Kurve, dreht das Steuer ruckartig zurück, daß Fede kurz kippt und gleich wieder gerade sitzt.

»Säßen Sie vorn, wäre das eine schöne Komm-Kurve gewesen.«

»Sie hieß nicht Mathilde«, sagt Fede da zum Taxifahrer. »Sie hieß Friederike.«

»Kann sein, daß die so hieß. Aber auf jeden Fall war das diese Sache mit Goethe. Und die war in Sesenheim?«

»In Sesenheim, klar«, sagt sie. »Wo war Goethe nicht.«

Als Wendisch damals gegangen ist, hat das Gartentor gequietscht. Im Ort sagen die Frauen mit den Kopftüchern über Fede: Die Friederike, die wird gar nicht älter. Es stimmt. Sie ist wohl steckengeblieben mit ihrem Gesicht in dem Tag, an dem Wendisch ging. Der 1. September 1984. Seit dem Tag denkt sie immer, er kommt zurück. Immer wenn das Gartentor quietscht. Das ist ein Fehler, aber einer mit Hoffnung. Am Ende ist sie froh gewesen, in das Apartmenthaus am Ortsausgang von Sesenheim gezogen zu sein, in das Haus, wo Wendisch nie gewesen ist und wo nie ein Gartentor quietscht. Vor dem Haus liegt ein schmaler Streifen Rasen, auf dem die Anwohner vom Haus ihre Autos parken. Manchmal, wenn sie heimkommt und ein leichter Regen einsetzt, sieht sie das Haus, wie es ihr grau entgegenglänzt. Es ist ein noch junges, sechsstöckiges Gebäude, aus Beton, mit Balkonen wie Schießscharten, das Anfang der achtziger Jahre in der Straße hinzugezogen ist. Die anderen Häuser mögen es nicht, und an Regentagen rücken sie noch weiter von ihm ab.

»Erzählen Sie ruhig«, sagt der Taxifahrer, »dann schlafe ich wenigstens nicht ein.«

»Ach«, sagt Fede, »meiner schreibt eben.«

»Glückwunsch, und was fährt er für ein Auto?«

»Einen Ford Transit. Silbergrau.«

»Ach so einer.«

»Wissen Sie«, sie senkt die Stimme. Der Raum wird davon dichter.

»Wissen Sie, diese Ford-Transit-Fahrer ...« Der Taxifahrer hat ebenfalls die Stimme gesenkt. Der Ton zwischen ihnen ist verschworen, obwohl sie aneinander vorbeireden.

»Er ist nach Sesenheim gekommen wie ein Ethnologe nach Afrika.«

Der Taxifahrer nickt, aber er lügt. Er hat sie gar nicht verstanden. Er mag nur, wie sie leise miteinander sprechen, als habe jemand eine Schlafdecke über sie gelegt. Dann hustet er trocken. Sie hat einen Fehler gemacht. Jetzt denkt er nicht mehr über sie nach, sondern über das Wort Ethnologe. Und plötzlich ist ihnen beiden langweilig wie im Theater. Auch sie fängt an zu husten, hebt das linke Handgelenk dicht vor die Augen und versucht, die Uhrzeit im Licht der vorbeihuschenden Straßenlampen zu entziffern. Plötzlich sagt er:

»Und was wollte der wirklich in Sesenheim?«

»Suchen Sie etwas Bestimmtes«, hat auch der Bürgermeister von Sesenheim wenige Tage nach Wendischs Ankunft von ihm wissen wollen. Wendisch hat gezögert. Fede stand zufällig beim Umtrunk im Rathaus neben ihm und hat gedacht: Nimm mich!

Sie hatte ihn am Tag zuvor schon gesehen und ihn sich ausgeschaut. Wendisch saß da am Eckfenster vom Croix d'Or, wo die Lüftung einem in den Nacken zieht. Er saß gebeugt und lauernd über einem Stück Papier und trank einen Ballon rouge. Es war früher Mittag. Er schrieb. Vom ersten Augenblick an dachte sie, er wolle ihr, so am Fenster hockend, ein Bild von sich geben. Nur ihr. Er sah zu spät auf, als sie nach der fünften Stunde Sport in ihren flachen Schuhen vorbeiging. Er heiße Wendisch, erfuhr sie vom Pastor noch am gleichen Tag.

Kennt man den?

Der Name sagte ihr nichts, obwohl sie Deutsch unterrichtete, und dieser Wendisch schrieb.

Novellen, sagte der Pastor, er schreibt Novellen.

Das ist vor fünfzehn Jahren gewesen, im letzten Frühling, bevor ihre Eltern starben und sie aus dem Zuhause bei der Kirche in das Apartmenthaus am Dorfrand zog. Damals ist Wendisch über fünfzehn Jahre älter gewesen als sie, daran hat sich in den letzten fünfzehn Jahren wenig geändert. Nur sie hat sich verändert, in ländlicher Abfolge. Erst Schaf, eine unglückliche Zeitlang Ziege, und mit fast vierzig endlich Kuh. Bei Wendisch ist sie noch Schaf gewesen, ein junges Schaf auf flachen Schuhen. Sie hätte Stunden, Wochen, ein Leben lang auf dem Bett liegen und ihm beim Schreiben zusehen können, wenn er nur zwischendurch aufgestanden und mit oder ohne seine Tasse, mit oder ohne seine Zigarette, sein Glas Whisky, ja, mit oder ohne Oberhemd zu ihr ans Bett gekommen wäre und gesagt hätte: Kleine, Schöne, meine Süße. Spatz, wie ich dich liebe. Und es am besten gleich auch getan hätte. Als Wendisch nach Sesenheim kam, um irgendwas zu recherchieren, ist er ein gerade noch junger Dichter gewesen, der ohne Feuer, aber mit viel Verstand und noch mehr Lärm schrieb. Ein Sprachmeister, aber keiner, der begeisterte. So hat sie es in den Jahren danach ihren Schülern beigebracht. In den Jahren, in denen Wendisch berühmt wurde und sie allein in Sesenheim zurückblieb. Wendisch stand nicht auf dem offiziellen Lehrplan. Sie hat ihn aus Rache durchgenommen.

Wendisch und sie sind damals sehr vertraut miteinander geworden. Sie wußte, wann er gerülpst und sich deshalb und auch wo verschrieben hatte. Sie begann, in grüne Bettwäsche gewickelt und an seinen Rücken gelehnt, der Wendischs Schreibbewegung auf sie übertrug, blind die Verben in seinen Sätzen zu prüfen. Einem Satz ohne Verb fehle die Haltung, sagte sie. Er küßte sie dafür. Eines Tages ist Wendisch gegangen und kurz darauf richtig Wendisch geworden. Ein erfolgreicher angestrengter Romanautor mit Preisen, Frauen und Reisen und zwei oder drei Suchtproblemen. Die Frauen liebten ihn dafür, daß er die Frauen liebte. Und nun, ein Häufchen müder Glut, aber sentimental geworden, hat er ihr die Einladung zu seiner Lesung im Straßburger Opernfoyer geschickt. Er hat an ihre alte Adresse geschrieben. Sie hat am quietschenden Gartentor der Eltern gelehnt, als die Karte kam.

»Wissen Sie?« Sie legt die Stirn gegen das Seitenfenster. Kurz beleuchtet den Straßenrand ein blauer Neonelefant. Er wirbt mit erhobenem Rüssel für das nächste Einkaufszentrum. Der Rüssel will ein großes Lachen sein. Beim Anblick des leeren Parkplatzes vor dem flachen Verkaufsgebäude fällt Fede die Einsamkeit aller Sonntage in den Rücken, die sie allein in Sesenheim verbracht hat.

»Wissen Sie, in meiner Erinnerung hat er all die fünfzehn Jahre an seinem Auto gelehnt und ist neben dem Bahnwärterhaus in Sesenheim stehengeblieben, als hätte jemand ihn da für mich in Stein gehauen.«

Der Taxifahrer stützt den Ellbogen auf die Innenverkleidung.

»Der Ethnologe, meinen Sie«, sagt er und nimmt den Rücken seines Mittelfingers in den Mund. Ziemlich zärtlich, findet sie.

Sie wüßte gern, wie er heißt.

Daß sie aber auch nichts geahnt hat und Schulstunde hielt, während Wendisch an der kleinen Tankstelle am Ortsausgang einen Ölwechsel machen und die Luft in den Reifen prüfen ließ, sein Zimmer im Croix d'Or zahlte und ein Trinkgeld hinzulegte, das man nur zum Abschied daläßt, so daß die Frau des Organisten, die damals noch keine siebzehn war, zur Schule gelaufen kam, Fede, Fede flüsterte unter dem Fenster des Klassenzimmers, und zwei Mal: Achtung, Achtung, er geht! Es war um die dritte

Schulstunde, vielleicht war es Deutsch, aber sicher ist es das Ende des Sommers gewesen.

In jener Nacht schliefen sie stundenlang miteinander, und sie sagte: Nicht kommen, nicht kommen! Hat sie denn geglaubt, wer so am Kommen hindert, verhindert auch das Gehen? Hatte sie das geglaubt? Ja, sie erinnert sich.

Sie lehnt den Kopf gegen die Seitenscheibe des Taxis. Vereinzelte Autos reißen Lichtbänder über die Straße. In Sesenheim fährt um diese Zeit kein Auto mehr, und die Witwe vom Coop schnarcht bei geöffnetem Fenster auf die Straße hinunter.

Ja, so hätte es sein können: Draußen verglühen die Sommerabende, und die Winter verschneien sich. Ein Mann wird nicht Wendisch, aber aus dem Wir wird etwas. Wer sagt denn, daß, wer keinen Erfolg hat, weniger wert ist? Er kann auch hier schreiben, dachte sie damals, kann schreiben und bleiben, während sie von Montag bis Sonnabend, auf flachen Schuhen im Sommer und in Gummistiefeln im Winter, zur Arbeit geht, einkauft, sich mittags zu ihm legt, davon bestimmt rasch ein Kind bekommt, und er und sie die Jahre wie Vögel vorüberfliegen lassen.

»Träumen Sie?« fragt der Taxifahrer. »Wie alt sind Sie eigentlich?«

Als sie Achtunddreißig sagt, pfeift er anerkennend. Sie überhört das.

»Manchmal«, sagt sie, »wenn ich Schnee schaufele am Gartentor, die Büsche im Vorgarten meiner Eltern ab Dezember schneide, heruntergewehte Äste vom Gehsteig sammle, im Kittel, seit zwei Jahren trage ich Kittel ...«

»... den müssen Sie aber schnell ausziehen, wenn das Gartentor mal richtig quietscht«, sagt der Taxifahrer und zieht hart an seiner Zigarette.

»... wenn ich die Dachrinne am Haus, wo ich einmal mit meinen Eltern gewohnt habe, putze und im Hof die Birnen auf den Kies klatschen, denke ich: Er ist tot.«

Dann holt sie Luft.

»Ach Scheiße, die Liebe!«

»Was wäre Ihnen denn lieber?« fragt er.

Plötzlich hat sie einen Schluckauf.

»Fahren Sie schneller«, sagt sie.

In jener letzten Nacht sind Möwen an der Moder gewesen. Es hat geregnet. Wenn sie es bislang nicht gewußt hatte, von da an wußte sie es. Man schläft nicht miteinander, um sich näher zu sein, sondern um sich voneinander losreißen zu können. Der Rhythmus macht, daß es geht. Während er wohl dachte, so käme er gut weg, dachte sie, er bleibt, er bleibt! Bei dem Regen bleibt er sicher. Und später einmal werden wir nur noch von dem Regen sprechen. Werden sagen: Erinnerst du dich noch an den Regen, der dann fiel? Sie ist danach vom Bett aufgestanden. Sie hat sich gedehnt. Der Tag war trüb. Ich muß nach Frankfurt, hat Wendisch gesagt. Fede sah Frankfurt gleich vor sich. Hohe Häuser, und dazwischen ein kleiner gelber Kirchturm, der den anderen Häusern nur bis zur Hüfte reicht. Da mußte er nicht hin! Doch, hat er gesagt. Denn eigentlich wollte er nur kurz hier schreiben, dann mußte er bleiben. Das hat er ihr übelgenommen, vor allem bei schlechtem Wetter. Sie hat sich wieder gedehnt, gelacht, gesagt, das sei schon ganz anderen hier so gegangen. Und er hat auf den Bettpfosten geschlagen. Das Karussell in Frankfurt fahre jetzt ohne ihn weiter, hat er gesagt. Welches Karussell, hat sie gefragt, denn von seinem Nebenverdienst auf der Kirmes wußte sie noch nichts. Sie hat im Lachen noch angefangen zu denken, und ihr Gesicht wird wohl plötzlich scharf geworden sein. Klar, auf dem Karussell saß die Konkurrenz, schlief nicht. Auch nicht mit ihr, dem Mädchen von der Moder. Die Konkurrenz schrieb um die Wette. Sie hat Wendisch angesehen. Aber mit mir ..., hat sie gesagt. Mit ihr fand Wendisch lauter schöne Sätze, am Wegrand, auf den Spaziergängen, übers Land oder hinunter zum Fluß. Die Sätze hat er nicht aufgeschrieben. Aber die waren es, worauf er schrieb. Die haben sie gemeinsam übereinandergeschichtet, aber schweigend. Und sie freihändiger als er.

Aber mit mir ..., hat sie noch mal gesagt und ihn im Stehen vor dem Bett eine Stunde lang geküßt.

In dem Kuß ist schon die Erinnerung an den Kuß gewesen.

»Schauen Sie mal«, sagt der Taxifahrer. »Der Himmel.« Er bremst. »Das ist ja ein Feuerwerk.«

»Das sind die Leoniden«, sagt sie und steigt schon aus.

Er nimmt sie bei der Hand. So gehen sie auf ein freies Feld hinaus. Sie hat noch immer den Schluckauf.

»Ein Wunder«, sagt er.

»Das kommt alle dreiunddreißig Jahre so, das Wunder«, sagt sie. »Es kommt von einem eisigen Gesteinsblock, der im Abstand von zwölf Millionen Kilometern an der Erde vorbeirauscht. Er verliert Tausende von Staubkörnern. Die verglühen.«

»Haben wir ein Glück«, sagt der Taxifahrer und zündet sich eine Zigarette an, ohne ihre Hand loszulassen. Das hat Routine, vom vielen Fahren? Vom Rumstehen auf nächtlichen Feldern mit vielen Frauen?

»Wünschen Sie sich etwas«, sagt sie und versucht den Schluckauf zu unterdrücken.

»Aber das sind ja Tausende.«

»Dann eben tausend kleine ...«

»Wünsche? Sie unterschätzen mich«, sagt er. »Und Sie?«

»Ich wünsche mir zwei Jahre Sex, fünf Jahre Liebe, fünfzehn Jahre Freundschaft.«

»Das ist ...«

»Nicht klein«, sagt sie, »sondern realistisch.«

»Und mit wem? Mit dem in dem blauen Peugeot, der abfuhr, kurz bevor ich anhielt, oder mit Ihrem Ford-Transit-Fahrer, der eh schon in Ihrer Erinnerung silbergrau an jeder Ecke herumsteht? Wenigstens den Wagen sollten Sie mal verschrotten.«

Sie fährt sich mit der Hand durch das Haar, dann durch das Gesicht. Der Schmelz von früher ist weg, sagt ihr der Handteller deutlicher als jeder Spiegel. Sie schaut zum Himmel und ist plötzlich unsäglich müde. Und zugleich hat sie Angst vor diesem Schauspiel um das Nichtsein, da oben. Stünde nicht ein Mann mit dem Geruch nach Mann auf diesem Feld neben ihr, sie wäre dem ausgeliefert, was hinter ihr steht. Und das ist groß und ewig und ohne Farbe, wie nur das Nichts sein kann.

»Wenn die Leoniden das nächste Mal so wild vorbeistürzen, bin ich tot«, sagt sie.

»Wann haben Sie gemerkt, daß dieser Ford-Transit-

Fahrer Sie nicht mehr richtig liebt?« Tod ist kein Thema für Taxifahrer, aber vielleicht schaut ihr Schutzengel so aus wie er.

»Er hat mich immer häufiger Radfahren geschickt«, sagt Fede und geht langsam zum Taxi zurück.

Als sie einsteigen, fragt sie:

»Woran glauben Sie?«

»An das, was ich sehe.«

Er dreht sich auf dem Fahrersitz um. Sie hält die Luft an. So wird sie wenigstens den Schluckauf los.

»Was sehen Sie?«

»Sie sehen gut aus.« Während sie flüstern, bewölkt sich der Himmel.

»Und was ist aus Wendisch geworden?«

»Nachdem er gefahren ist?«

»Ja.«

»Wendisch eben.«

»Berühmt?«

»Ja.«

»Wie Goethe?«

»Nein.«

»Und er hat Sie nach Frankfurt eingeladen?«

»Nein, nicht nach Frankfurt. Nach Straßburg.«

»Sofort?«

»Nein, fünfzehn Jahre später.«

»Nach so langer Zeit?«

»Ja, und ich bin wegen dem Mann sogar zum Friseur gegangen«, sagt sie, »weil ich mich eigentlich ganz nach vorn setzen wollte. Das Fernsehen war da, und eine Journalistin hat den Kameramann ein paarmal auf das Wasserglas unter der Leselampe hingewiesen, in dem Rotwein war, und als das Team den letzten Scheinwerfer am Ende der Lesung noch nicht ganz ausgeschaltet hatte, ist diese Redakteurin nach vorn gegangen und ganz nah an ihn herangetreten. So wie manche Frauen das machen, so mit dem Becken, Sie verstehen? Sie hatte auch einen tiefen Ausschnitt im Pullover, und er hat tief hineingeschaut. Wissen Sie, da kann ich ihm auch nicht helfen, wenn er nicht merkt, daß so ein Ausschnitt nur ein Ausschnitt ist und nicht die ganze Person. Wer da hineinfällt, dem kann man nicht helfen, oder? Ich aber bin in meiner zweiten Reihe einfach nur aufgestanden und habe den oberen Knopf am Mantel geöffnet. Da hat er mich angesehen.«

»Und«, fragt der Taxifahrer, » hat er Sie erkannt?«

»Ich weiß es nicht«, sagt sie leise. »Ich weiß es nicht. Ich bin ja nicht so eindrücklich auf den ersten Blick.«

»Oh, oh«, sagt er, » das finde ich schon.«

Sie sind schon nah bei der Stadt, der Himmel, auf den sie zufahren, wird heller. Sie fahren durch einen Tunnel, der nicht beleuchtet ist. In regelmäßigen Abständen fällt

Nachtlicht von außen in die schwarze Röhre ein. Grau-schwarz-grau-schwarz wechseln sich ab, als hörte das nie auf.

»Es macht Spaß, mit Ihnen in der Nacht zu fahren.«

»Ach ja?« sagt sie müde.

»Fede in der Nacht«, sagt er. Sie erinnert sich nicht, ihm ihren Namen gesagt zu haben. »Weshalb fahren Sie jetzt noch nach Straßburg zurück, Fede?«

»Um ein Buch zu kaufen.«

Er bremst, dreht sich zu ihr um.

»Um diese Zeit?«

»Ja.«

»Von diesem Wendisch?« Er schiebt den Kopf zwischen den Vordersitzen durch und schiebt das Kinn in ihre Richtung.

»Um diese Zeit?« fragt er noch mal. Sein Mund kommt näher und küßt sie nicht.

»Hat das nicht Zeit bis morgen?«

Wendisch hat sie nur einmal im Fernsehen wiedergesehen, in einer Veranstaltung für Sieger. Der erste geladene Gast war Tennisspieler, der zweite Modekönig und der dritte, Wendisch, ist als ein Sieger in Sachen Liebe und Literatur zur Talkshow am Freitagabend geladen gewesen. Sie hat ihm zulächeln müssen, obwohl er ihr nur vom

Fernseher aus in die Augen sah. Dieses gewisse Lächeln ist in den Jahren seit seinem Abschied fest in ihrem Gesicht geblieben, zu einem Zug geworden, unbestimmt, angenehm. Sie ist hübsch geblieben mit der Erinnerung an ihn. Das Alter hat gezögert, sie anzugreifen, als befürchte es, Ärger zu bekommen, mit Wendisch, falls der noch mal, in Hechtgrau, nach Sesenheim zurückkommt, um auf der Schwelle vom Coop mit ihr zusammenzustoßen.

Ich wollte doch immer einmal zurückkommen, hört sie ihn in diesen schönen Momenten der Einbildung dann sagen.

Und wie?

In einem hechtgrauen Anzug.

Hechtgrau, meinst du, das reicht als Zeichen der Reue?

Sie, auf der Schwelle des Coop, bemerkt dann, er sucht nach festen Sätzen im hilflosen Schweigen.

Ach, ich habe von uns erzählt.

In deinen Büchern?

Ja, aber mach dir keine Sorgen. Was ich von uns erzähle, darin ist kein Strich, der nicht erlebt wurde, aber auch kein Strich ist darin so, wie er erlebt wurde.

Wendisch hat in der Talkshow tatsächlich einen hechtgrauen Anzug getragen. Hechtgrau ist in dem Jahr seit Jahren aus der Mode gewesen. So hat sie sich gegen Ende der Sendung sogar die Nägel feilen und, ohne noch einmal aufschauen zu müssen, sich einreden können, sie warte nur auf den späten Spielfilm.

»Wir sind gleich da.« Der Taxifahrer streicht mit seiner Rechten über den Beifahrersitz. In dem Geräusch, das seine Hand macht, steckt eine Frage. Sie sucht nach dem Geldbeutel in ihrer Handtasche. Er fährt langsam und schaltet das Autoradio ein. You have lost that loving feeling, singt Elvis Presley. Sie lacht, weil sie am Hals merkt, sie ist rot geworden.

Auf die Oper zu führt eine Doppelreihe mit Akazien, dazwischen liegt eine Promenade für Spaziergänger. Die Stämme der Akazien haben sich geschält schon vor dem Winter, und die Rinden liegen, ein Schmerz, auf dem Weg aus feinem Kies. Sie überholen eine Gruppe von jungen Menschen, die alle schwarz gekleidet sind. Von den Fenstern der Oper sind nur zwei, parterre rechts, erleuchtet. Dort ist das Operncafé. Dort muß Wendisch noch sein.

Ich warte, hat Clemens vor vier Stunden auf dem Parkplatz neben der Oper gesagt, die Krawatte im Auto abgebunden und den obersten Knopf an seinem Hemd geöffnet. Mach weiter, hätte sie in dem Moment gern gesagt, dann bleibe ich hier. Mit großen Schritten, die jung aussehen sollten, hat sie dann doch den Parkplatz hinter sich gelassen und ist auf die Oper zugelaufen. Im Rücken die Augen des einen, in den eigenen Augen bereits die Augen des anderen Mannes.

»Haben Sie eigentlich einen Freund?« Der Taxifahrer schaut sie an.

»Wieso?«

»Soll ich warten?« Er zieht die Handbremse an.

## 3.

Vier Kronleuchter, rote Stofftapete und zwei junge hübsche Kellner, die vielleicht die Aufnahmeprüfung zur staatlichen Schauspielschule nicht geschafft haben und vielleicht deswegen so eingebildet sind. Mit einem Blick in das Glas der Eingangstür hat Fede das Haar gerichtet. Salon Sophie, Sesenheim. Auf den schwarzgoldenen Fensterbänken stehen Topfblumen und Perückenköpfe. Die Wände sind mit schweren Stoffen und Masken drapiert, und die Espressomaschine lärmt. Sie hat eine ganze Provinz an den Fersen, als sie quer durch den Raum muß. Alle schauen sie an, nur der, den sie kennt, schaut nicht. Der kriecht unter dem Tisch herum. Eine blonde Frau beobachtet die Unterseite seiner Schuhe dabei. Beide tragen sie bereits Mantel.

Na, geht ihr jetzt vögeln, würde Fede am liebsten quer durch den Raum bis zu dem hintersten Tisch da drüben fragen, auf dem das Schild »Reserviert« steht.

Fede öffnet wieder den obersten Knopf ihres Mantels. Daß man zusammen schläft, ist weder unerhört noch schicksalhaft, denkt sie. Eine Erregung bekommt man auch beim Holzfällen. Ein Stöhnen ist kein Versprechen. Und daß es einen zum Schreien bringt, sich so nah zu sein, sagt eigentlich auch nichts. Man reicht etwas hinüber, was man nicht Liebe nennt. Das kennt sie. Fede öffnet den zweiten Knopf am Mantel und geht einen Schritt vor. Nur ist es nicht schön, denkt sie, daß man schutzlos den Vorstellungen ausgeliefert ist, der andere mache es mit einer anderen genauso und sehe dabei genau so aus. Niemand ist gemeint in dem Moment, von dem sie immer glaubte, er könne sich nur zwischen ihm und ihr so anfühlen. Niemand ist gemeint in dem Moment, von dem sie als Mädchen immer dachte, daß er einen Mann und eine Frau für immer aneinander bindet oder für immer voneinander entfernt.

»Also«, sagt sie laut und geht vor, bis sie mit der Hüfte gegen die Tischkante stößt. Der Tisch ruckt. Sie stößt ihn noch einmal an. Eine Störung, die guttut. In diesem Augenblick flackert über dem Tisch im Operncafé ein Musikvideo auf, und das Schild »Reserviert« fällt um. Hinter dem Tisch öffnet ein großer Spiegel das Fenster zu einem zweiten Raum, in dem es alles nicht und doch noch einmal gibt. Fede sieht, dort drüben rückt Fede den Tisch weiter vor.

»Was soll das?« Die Redakteurin spricht Deutsch.

»Tischerücken. Alter elsässischer Brauch hier.«

»Und was soll dabei herauskommen?«

»Die Wahrheit«, sagt Fede.

Da streckt Wendisch endlich seinen Kopf unter dem Tisch hervor. Er hat den falschen, leeren, den dumpfen Ausdruck eines Mannes auf dem Gesicht, dem eine Frau soeben versprochen hat, daß er in einer halben Stunde befriedigt sein wird, wenn er mitkommt.

»Er sucht meinen Handschuh«, sagt die Redakteurin, »wir wollten gerade gehen.«

Fede dreht sich ratlos einmal auf der Stelle.

»Bleib doch«, sagt Wendisch da, und als Fede die Hand auf den Tisch legt, langt sie in einen klebrigen Rest Alkohol.

Dann ist sie erst einmal durch das Foyer hinauf ins Erste Parkett gelaufen. Denn das Café hat keine eigene Toilette. Sind alle Wände rot bespannt und die Treppen rot ausgelegt gewesen? Oder ist es nur das Schweinwerferlicht gewesen? Sie weiß es nicht mehr. Neben der Herrentoilette hat sie einen Mann mit dunklen Bartstoppeln telefonieren sehen, hinter vorgehaltener Hand. Seine Augen sind grausam und starr gewesen, als sie gezögert hat, um zu lauschen. Er hat zu sprechen aufgehört, bis sie die Toilettentür hinter sich geschlossen hat. Wiederhole, was ich dir gesagt habe, hat sie ihn noch sagen hören. Und in der Nase hat sie den Geruch gehabt, den seine Spucke wohl auf der Sprechmuschel gelassen haben mag. Im Spiegel hat sie ihre Haut gesehen, Schale im Winter. Sie hat einen Kaugummi in den Mund gesteckt und Vorsätze gefaßt. Sie wird sich eine Suppe mit Wein bestellen, sie wird diesen unklaren Zustand lächelnd ertragen, sie wird am Kaugummi weiterkauen, das sie gegen einen Wunsch, zu küssen, eingetauscht hat. Sie wird sagen, doch, doch, ich gehe gleich, und sich noch einmal zurücklehnen, wird den Kopf ihres Daumens in der Hand halten, gegen den schweren Augenblick. Sie wird die andere nicht wegbeißen, nur absitzen.

Als sie zurückkommt, sitzt Wendisch mit dem Rükken zu ihr, am Tisch, im Mantel, allein. Sie sieht, wie er eine lachsfarbene Visitenkarte in seine Brieftasche steckt. Sie bleibt leise stehen, sagt aber laut: »Mensch, Wendisch, du Aas.«

So etwas hat sie noch nie getan, und Wendisch schrickt zusammen. Auch wenn sie nicht mehr schön sein sollte, nach all den Jahren und um diese Nachtzeit, hat sie ihm doch noch was zu sagen. Sie hat seinen Blick bemerkt, im Spiegel hinter dem Tisch. Alles schon Bild, auch wie sie dasteht, klein, nicht mehr jung, mutig. Anmutig. Seine Gedanken sind schneller und schärfer als seine Beobachtungen. Wäre sie nackt, er würde seufzen und gleich wissen: eine Nymphe wie bei Soundso, so durchsichtig, wie gemalt, so transparent.

In dem Moment wird das Licht dunkler, und jemand sagt: Minuit.

»Komm.«

Sie bleibt stehen.

»Komm«, sagt Wendisch und zieht dabei seinen Mantel wieder aus. Sie ihren auch. Sie kommt. Auf dem Bildschirm über seinem Tisch wiederholt sich stumm das Musikvideo. »Der Chor des Theaters Weimar« blendet der Untertitel ein. Der Chor singt, einmal in Weimar bei Sonne, einmal in Weimar bei Schnee. Im Winter ist der Atem sichtbar, aber man hört trotzdem nichts. Sie spielt mit dem Schild »Reserviert« und hat sich noch nicht gesetzt.

»Ich habe dich übrigens im Fernsehen gesehen.« Plötzlich hat sie das Lächeln, das sie all die Jahre konserviert hat für ihn, verloren. Hat ein ganz kleines, böses

Gesicht. Eine Faust mit zwei funkelnden, harten, blaugrünen Steinen darin. Sie stellt sich vor, sie kratzt ihm den Arm, die Brust auf, und etwas, das brennt, gerät in die Wunde. Sperma?

»Erzähl.« Er greift nach ihrem Handgelenk. Die Geste soll die Zärtlichkeit haben, die seiner Stimme fehlt.

»Ich bin mit dem Taxi gekommen«, sagt sie und setzt sich endlich.

Es ist eine russische Armbanduhr, auf die sie jetzt schaut. Sie hat sie von Clemens, und woher der sie hat, weiß sie nicht. Nachdem er sie zweimal unter ihrem Bett vergessen hatte, hat er sie ihr geschenkt. An der Position Zwölf leuchtet ein roter Stern. Clemens ist ein Gedanke, den sie im Moment ausdrücklich nicht denken will.

»Ich wollte dein Buch von dir kaufen«, sagt sie zu laut.

»Das hättest du vor zwei Stunden gekonnt.«

»Da wollte ich aber noch nicht.«

»Aber jetzt sind keine mehr da, die Buchhandlung ist längst fort. Ich könnte dir eins schicken.«

Sie legt ihren Handschuh auf das einzige Buch, das auf dem Tisch liegt.

»Das ist mein Leseexemplar, mit Strichen.«

»Mit Strichen«, fragt sie und legt ihre Hand auf den Handschuh.

»Fede«, sagt er.

»Fede«, sagt sie.

»Hübsche Fede.«

»Hipsch Fede«, sagt sie, wie die Leute im Dorf es sagen. Dann Schweigen. Sie schweigt kürzer.

»Genau«, sagt sie da. »Das will ich.«

»Fede«, er zögert und schaut sich um. Nach den anderen Menschen im Café? Nach einer Zigarette.

»Rauchst du noch?« Ihre Hand auf dem Handschuh ist heiß.

»Fede«, sagt er und legt seine Hand auf ihre. »Bist du krank?«

»Fede, bist du krank? Bist du im Schrank«, sagt sie mit verstellter Stimme, mit Genugtuung. So endete ein Gedicht, das er vor fünfzehn Jahren für sie geschrieben hat.

Sie sitzen da, beide entschlossen zur Kälte. Sie beobachten sich. Vielleicht ist ja einer von ihnen heil geblieben in all den Jahren, um das Spiel neu zu beginnen, nur weil ein Wunsch, wer weiß denn welcher, noch im geheimen Herzen blieb? Wendisch bestellt, was sie will, Suppe und Wein. Der Kellner flirtet mit ihr. Danach fühlt sie sich tatsächlich hübscher. Sie nimmt zum Essen den Kaugummi aus dem Mund.

»Hast du ein Papier?«

Er schüttelt den Kopf.

»Dann gib mir die Visitenkarte.«

Er lächelt, zieht seine Brieftasche aus der Hosentasche und holt daraus eine Karte.

»Nicht die«, sagt sie, »die lachsfarbene.«

Er lächelt nicht mehr. Sie wartet.

»Mit jeder anderen Frau schläfst du dich weiter von mir weg«, sagt sie, »gib mir also wenigstens ihre Karte.«

Er gehorcht, dann zuckt er zusammen.

»Scheiße, was tust du da«, sagt er. Sie wickelt ihren Kaugummi in den lachsfarbenen Karton.

»Voilà Viola«, sagt sie, ohne genau gelesen zu haben. »Welch ein Name. Viola Mortimer, Fax und Fon und alles dran.« Sie zielt genau, und das zerdrückte Papier landet hart im Aschenbecher.

»Sag mal, hast du schon was getrunken?« fragt er.

»Sag mal, hast du schon was gegessen?«

Der Kellner bringt eine Packung Zigaretten und schaut sich Wendisch genauer an. Ob er ihn zu alt für sie findet? Aber aus dem Alter, daß ein Mann zu alt für sie ist, ist sie langsam heraus.

»Hat dir mein Buch gefallen?« fragt Wendisch.

»Würde ich es sonst mitten in der Nacht per Taxi kaufen kommen?«

»Aber das hättest du doch wirklich einfacher haben

können. Warum hast du nach der Lesung nicht gewartet?«

»Weil jemand auf mich gewartet hat, draußen«, sagt sie.

»Ach«, und Wendischs Gesicht rutscht aus der Fassung, was sie freut. In seiner Vorstellung muß sie wohl die letzten fünfzehn Jahre in einem Einmachglas gesessen haben, bei verschlossenem Deckel, der Boden mit Kunstrasen ausgelegt, und auf dem chemiegrünen Rasen steht ein kleiner Wohnwagen, aber mit dem kann sie nicht weg. Mit dem fährt sie nur ab und zu gegen schützendes bruchsicheres Glas, bis ihr der Nacken weh tut. Dann fährt sie wieder zur Mitte zurück und setzt Teewasser auf.

»Warum hast du mir nie geschrieben?«

»Aber«, und er sieht genau zwischen ihre Augen, »aber habe ich doch.«

»Aber nur eine Karte mit Pfingstrosen. Auf der stand, daß es so nicht mehr geht, weil deine Frau meine Haare in deinen Socken gefunden hat.«

»Deine verdammten Haare«, sagt er da zärtlich und greift wieder nach ihr. Sie weicht aus und wischt mit dem Finger ihre Lippenstiftspur vom Glas.

»Warum hat dir mein Buch gefallen?«

»Wegen der Bilder.«

»Ach Gott, ja, das nun wieder«, sagt er müde. »Und welche?«

»Die von der Liebe. Die, in denen ich glaubte vorzukommen, und jene, in denen ich gern vorkäme.«

»Liebe, was soll denn das sein«, fragt er.

Sie läßt den Löffel in der Suppe stehen und sieht ihn so ernst an, daß er lachen muß und sie, in das Lachen hinein, das Wort »Liebe« wiederholen könnte, ohne daß er es merkt. Dem Leben mehr entreißen, als es zu geben vermag, das ist Liebe, denkt sie. Das ist Liebe für mich. Sie zittert wenig, aber spürbar, und das kommt ihr erbärmlich vor. Er zündet ein Streichholz an, betrachtet die Frau am Nachbartisch, Mitte Vierzig, lange silberne Ohrgehänge, kurze rote Haare, irgendwie östlich, rumänisch, mit einem dicken blauen Buch aus der Leihbibliothek. Auch wenn er jetzt das Streichholz wieder ausbläst und seine alte Fede anlächelt, sie kennt das schon. Ab jetzt wird er immer wieder zum Nachbartisch schauen und ans Wildern denken.

»Was war das nur mit uns?« Sie nimmt ihm das angekokelte Streichholz aus der Hand und bröselt das Schwarze vom Kopf, und in dem Moment klingelt in seiner Manteltasche das Telefon. Geh doch dran, will sie sagen, doch sie sieht die Veränderung in seinem Blick. Um diese Zeit kann das nur eine Frau sein. Seine Frau? Die von früher?

Oder eine neue, eine noch neuere? Wenn er jetzt nicht ans Telefon geht, gefällt diese Frau ihm nicht mehr richtig, und Fede, oder die Erinnerung an die Fede von früher, gefällt ihm besser. Schon greift er Fedes Hand, greift höher, bis zum Ellenbogen ist er schon bei ihr, und diese andere Frau steht sehr allein im Nachthemd, in einem fernen kalten Flur beim Telefon, oder liegt mit angezogenen Knien in einem halbleeren Bett und beginnt aus den Haaren oder zwischen den Brüsten zu riechen, weil er nicht abnimmt.

Fede aber leckt am Suppenlöffel.

»Hast du ein Kind?« Das Telefon klingelt noch immer.

»Ja.«

Sie schaut in den Spiegel hinter dem Tisch. Plötzlich hat sie das Gesicht, das sie in zehn Jahren einmal haben wird. Müde und hart. Um wenige Millimeter verschoben, weg vom Schönsein. Nach diesem Abend wird sie endgültig ausgeschieden sein und den Platz am Fenster einnehmen, wo die Alten in Sesenheim sitzen. Das Leben wird vorübergehen, und sie wird zwei Kissen auf die Fensterbank und zwei Unterarme auf zwei Kissen legen. Sie wird ihr Leben betrachten, wie man einen langweiligen Regentag betrachtet. Vielleicht findet Wendisch für ihre Regentage einen Platz in seinem Buch, wenn er etwas Atmosphärisches braucht? So wäre der Unsinn, den sie lebt, nicht vergeblich. Aber Wendisch schüttelt nur den Kopf. Er will sich nicht wie sie erinnern? Oder will er nur nicht ans Telefon gehen?

Der Kellner neigt sich in dem Moment, wo das Klingeln aufhört, über den Tisch und sagt auf Französisch, das Benutzen von Handys sei in diesem Lokal untersagt. Mit einer letzten Bestellung geht er zum Tresen zurück. Er wackelt ein wenig mit dem Kopf dabei. Es dauert, bevor sie sich ansehen und weitersprechen können.

»Wie lebt es sich jetzt in Sesenheim?« fragt Wendisch ungeschickt.

Wieder klingelt das Telefon, Wendisch holt es heraus und kriecht mit einem kleinen »Ja?« hinein.

Den Oberkörper halb unter dem Tisch, gibt er sich Mühe, seine Lustlosigkeit sachlich klingen zu lassen. »Ich sitze hier noch mit den Engländern. Jaja, genau, mit dem Verleger und dem Übersetzer. Es kann spät werden. Küß den kleinen Frosch von mir.« Er steckt das Handy weg.

»Wie alt ist denn der Frosch?«

»Fünf.« Er blickt nicht auf. »Ich weiß, eine späte Sünde.«

In diesem Augenblick mag sie Wendisch überhaupt nicht mehr. Wünscht sich fort. Wünscht sich, Clemens warte auf sie am Bahnhof Sesenheim, wenn sie mit einem letzten Zug doch noch dort ankäme. Clemens, in seinem flaschengrünen Pullover, den er ihr manchmal leiht, nimmt sie unter den linken Arm. Für einen Moment wohnt sie in seiner Achselhöhle. Er schiebt sie ins Auto, ins Zimmer, ins Bett und schläft an sie gedrängt gleich ein. Am Morgen wachen sie auf, wie sie eingeschlafen sind.

»Wie alt ist denn die Mutter vom Frosch?« fragt sie.

»Achtundzwanzig.«

Fede schaut auf ihre Uhr. Beide Zeiger stechen in die Mitte des Sterns. Aber es ist längst nach Mitternacht.

»Ich mag dein Glück nicht«, sagt sie.

Die zwei hübschen Kellner fahren das Licht weiter herunter und drehen die Musik lauter. »New York, New York« ist der Rausschmeißer. Als das Lied zum zweiten Mal läuft, tritt die Redakteurin hinter Wendisch. Ein nasser Irish Setter, der zu ihr gehört, kriecht mit aufgerichtetem Hinterteil unter den Tisch. »Dora, Dora«, sagt die Redakteurin zweimal zärtlich zum Hund. Beide Frauen schauen sich an. Die Redakteurin drückt dabei ihre Haarspitzen wie Teebeutel aus und setzt sich auf die Stuhlkante. Dann schaut sie in den Aschenbecher, auf das Stück geknüllte lachsfarbene Pappe. Für einen Moment ist ihr Gesicht lang und töricht.

»Ich bin gekommen, um zu sagen, daß ich jetzt gehe«, sagt sie.

»Wir wollten auch gerade gehen«, sagt Fede.

»Wo sind Sie eigentlich her?« Die Redakteurin schaut auf Fedes Haar. Salon Sophie, Sesenheim. Klar sind Fedes Haare nur Haar und keine Frisur.

»Sesenheim«, sagt sie. »Ich komme aus Sesenheim.«

»Ach, ja? Das kennt man ja aus der Literatur.«

»Stimmt, da haben wir uns kennen gelernt.«

Fede schaut Wendisch an, und an der Bar lacht die Rothaarige aus Rumänien laut auf und sagt: »Und dann ist es quietschend durch den See gepaddelt und hat sich am Ufer zwischen die Nackten gelegt, das Schwein.«

Die Redakteurin gähnt und schaut nach dem Hund unter dem Tisch. Er stinkt.

Sesenheim, weißt du noch, sagt Fede jetzt mit den Augen zu Wendisch. Das Croix d'Or, weißt du doch noch?

Wenn jemand den Windfang betrat und noch nicht die Tür aufgestoßen hatte, dann strich sich bereits die zukünftige Frau vom Organisten die weiße Schürze glatt. Gäste! rief sie dann schüchtern, und als sie das bei dir das erste Mal rief, weißt-du-noch, war sie noch sehr jung. Du fragtest beim Essen nach dem Weg nach Fraize. Nach Fraize, wiederholte da die zukünftige Frau vom Organisten, und es klang verliebt, wie sie Fraize sagte. Sie erklärte gern den Weg dorthin, der soundso führte, und malte mit einer Messerspitze auf das weiße Tischtuch dabei, gleich neben deinem Teller. Da habe sie nach der Schule bei Renault gearbeitet, sagte sie. Den Weg im Tischtuch strich erst ein nächster Gast am nächsten Tag glatt. Der aß, was du wohl nicht mehr weißt, ein Pferdesteak mit zuviel Zwiebeln und fragte, warum in den Fensterbildern unserer Kirche die Reihenfolge in den Legenden nicht stimme. Warum Kain und Abel auf einem Feld, das zu gelb sei, sich schlügen, noch bevor Adam und Eva, ihre Eltern, aus dem Paradies vertrieben worden seien. Gen Osten, ins Land Noth. Und, fragte der Fremde, wessen Idee das frivole Blau auf der Empore gewesen sei. Barock, nicht frivol, sagte unser Pastor, der zufällig am Nachbartisch saß. Kehler heißt er, weißt du noch? Der stand schwer auf, stützte die Hände auf die nächste Stuhlkante, dann auf eine nächste, eine nächste, und kam so langsam herüber und dem, der da so fragte, näher und setzte sich zu dem Fremden dazu. Zur Welt.

Fede hat eine Hand auf Wendischs Unterarm gelegt. Er hat die ganze Zeit über ihren Augen sehr ernst zugehört. Ihre Hand liegt auf Wendisch und sagt: Meiner!

»Sesenheim und Pastor Kehler, weißt du noch?« Wendisch nickt.

»Mit dem habe ich oft über dich gesprochen. Oft. Und wenn Wendisch scheitert, habe ich ihn gefragt, kommt er dann wohl zurück?«

»Dora, wir gehen«, sagt die Redakteurin.

»Bitte«, sagt Fede, »tun Sie das. Es ist auch schon spät. Der Hund muß ins Bett. Und die wirklichen Geschichten von Sesenheim werden Sie nur langweilen. Sie sind ja noch nicht Literatur.«

Das Haar der Redakteurin ist noch um keine Spur trockener.

»Wie heißen Sie eigentlich?«

»Friederike Brion.«

»Ach Gott, Sie Ärmste. Und Sie leben auch noch in Sesenheim?«

»Und Sie? Haben Sie es weit bis nach Hause?« Fede nimmt ihre Hand von Wendischs Arm. Die Rothaarige schaukelt auf dem Barhocker mit den Knien, und ihr Rock rutscht auf einer grünen Strickstrumpfhose höher.

»Erzählen Sie ruhig weiter, Fräulein Brion«, sagt die Redakteurin, und in ihrer Stimme ist eine professionelle Müdigkeit wie bei einer zu langen Ansage, für die sie kein Geld bekommt. »Sie sind so frei, Fräulein Brion, wie alle vom Dorf. Sie werden sogar noch rot, wenn Sie erzählen.«

»Erzählen?« murmelt Wendisch. »Die erfindet doch.«

Fede zieht ein Taschentuch aus ihrem Rock. Irgendwie ist der Rock in den letzten Minuten länger geworden, und sie schneuzt sich. Daß ihr das jetzt bloß kein trauriges Taschentuch wird!

»Passen Sie kurz auf den Hund auf?« fragt die Redakteurin. »Ich muß mal zur Toilette.«

Und Fede hofft, daß der böse Mann mit den Bartstoppeln noch auf dem Gang beim Telefon ist, wie vorhin, und daß er ihr gleich neben der Toilette etwas Böses antut.

»Wie heißt er?«

»Wer?«

»Der dich gefahren hat.«

»Clemens.«

»Und ist wie alt?«

»Jung.«

»Weiter?«

»Mehr ist nicht.«

»Da fehlt doch noch was?«

»Ja«, sagt sie. » Aber das ist bei Sprache so, sonst gäbe es keine Wörter, nur Reihen.« Bei dem Wort Reihen sieht sie vor sich die Reihen von Fahrradständern auf dem Schulhof, die Reihen von Kleiderhaken im Flur, und wie diese Haken im Rathausflur höher hängen als die im Schulflur. Da muß sie wieder hin.

»Wie ist er so?«

»Ja«, sagt sie langsam, »er hat ausdrucksvolle Hüften.« Eine Frau in einem weißen Popelinemantel geht an ihrem

Tisch vorbei, und Fede lacht. »Wendisch, ich glaube, deine Bekannte kommt nicht mehr, und den Hund hat sie dir ans Bein gebunden.«

Während Wendisch irritiert an seiner Bügelfalte zieht, dreht sich die Frau im Popelinemantel um, so daß ihr Gesicht sich halbiert, halb im Licht, halb im Schatten liegt. Die Augen an dessen Saum. Die Frau verschwindet durch die Eingangstür. Der rote Vorhang gegen die Kälte schlägt hinter ihr zusammen, und Fede sieht eine goldene Krone über die Holzdielen des Cafés rollen, über die die Frau soeben noch gegangen ist. Die Krone ist, was vom Verschwinden der Frau bleibt. Etwas, das man aufheben kann.

»Was will dieser Clemens von dir?«

»Er glaubt, daß ich schön bin. Bin ich aber gar nicht.« Sie legt den Kopf in der Hand ab.

»Was sonst?«

»Ich tue nur so.«

Hinter dem Tisch in dem großen Spiegel sieht sie ein trauriges Café, da drüben in der Nacht. Die Gesichter lösen sich nackter als am Tag voneinander, wenn die Gespräche stocken. Manches ist schon ganz schief vor Müdigkeit. Was ist verloren? Mit den Jahren verloren? Die seelische Fähigkeit, sich Täuschungen zu überlassen? Noch immer den Blick im Spiegel, schaut sie erst sich in die Augen. Dann dem Kellner, der in der Arbeit innehält. Der Kellner ist so alt wie Clemens. Er hat eine halbe Orange in der Hand. Während sie sich anschauen, hält seine Hand auf halber Höhe in der Luft inne. Sie läßt den Blick in seinem stehen. Wo sich ihre Blicke schneiden, setzt sich eine dritte Person hin, genau auf die Schnittstelle. Mathilde. Das Bild friert ein.

»Ihr Orangensaft«, sagt der Kellner plötzlich dicht an ihrem Ohr. Er hat längst den Blick aus dem Spiegel genommen, ist zum Tisch gekommen und hat ein Glas vor sie hingestellt. Einen Moment lang irren ihre Augen allein über das Spiegelglas. Was für ein trauriges Café, dort drüben. Wo das wohl ist?

»Ich zahle, für alles«, sagt Wendisch, der sich tatsächlich verspricht. Oder kommt es ihr nur so vor?

Bei der Autobahnauffahrt nach Hagenau, denkt sie, wohnen hundert Spatzen im Gebüsch und teilen sich jede leere Coladose, die aus einem Autofenster fliegt. Ja, daran denkt Fede, während sie merkt, so lange kann man gar nicht auf dem Klo sein. Auch als Blondine nicht. So lange kann man gar nicht sein Gesicht restaurieren.

»Und ihr Hund?« fragt Fede.

Kurz vor eins. Sie gehen über die Akazienallee, die Oper im Rücken. Sein Buch hat sie einfach eingesteckt.

Der Hund trottet neben Wendisch her, die Nase am Boden. In einem Auto zwischen zwei blauen Parkstreifen ziehen ein Mann und eine Frau sich hastig um. Wendischs Schulter stößt bisweilen gegen ihre, wenn die Schritte aus dem Takt kommen. Sie hat Wendisch größer in Erinnerung. Ein Regen, den sie im Café nicht bemerkt haben, muß in den vergangenen Stunden die letzten Spuren vom Schnee weggewaschen haben. Jetzt liegt der Papagei am Ortseingang Bischwiller direkt auf dem Asphalt. Mathilde hat auch so einen Papagei. Der frißt morgens ohne weiteres ein Stück butterbestrichenes Knäckebrot. Ein Linkskraller, sagt Mathilde stolz, wenn sie ihn Gästen vorstellt. Sie ist siebzehn. Fede ist achtunddreißig. Sie ist froh, wenn sie davonkommt mit den alltäglichen Dingen, die sie tut. Wenn sie Kinder in einer Schule im Seitenflügel des Rathauses unterrichten kann, solange es Kinder gibt. Oder wenn sie Eisverkäuferinnen an der Ecke Eis verkaufen sehen kann, wenn die Sonne scheint, solange es Eis und Ecken gibt und die Sonne scheint.

Wendisch versucht den Arm um ihre Schulter zu legen.

»Warst du immer so groß?«

»Ja.«

»Hatte ich vergessen.«

Sie stoßen auf die erste Querstraße, wo der Fluß Ille die Stadt Straßburg zu einer Stadt am Fluß macht. Nur das Polizeipräsidium ist noch erleuchtet. Davor steht ein einzelner Mann mit kurzem Haar und Uniform und raucht.

»Haben Sie auch die Sternschnuppen heute nacht gesehen?« fragt er streng.

Sie nickt und zieht ihren Rockbund zurecht.

»Ja, Herr Kommissar.« Sie geht schneller danach.

Sie biegen in die Rue des Enfants ein. Wendisch zieht einen Autoschlüssel aus der Manteltasche, und der Hund schaut ihn bestürzt an. Vielleicht fährt er nicht gern Auto.

»Welche Sternschnuppen?« fragt Wendisch.

»Die Leoniden«, sagt Fede, »wo warst denn du heute nacht gegen elf, als man die Leoniden noch sehen konnte?«

Wendisch sagt, er weiß es gar nicht mehr, verbessert sich und ruft, als gäbe es einen Grund zu rufen: »Die Lesung, alles klar doch. Ich war wohl beim Signieren!«

»Aber ich war dabei.« Sie erzählt von einem freien Feld, von einem Feuerwerk, von einem Wir. Das Wir wird in ihrem Mund zu einem zärtlichen Tier.

»Da hast du ja richtig was erlebt.« Fede nickt und sieht in einem blanken dunklen Fenster, parterre, ein aufgestelltes Bügeleisen mit abgekühltem Gesicht zur Straße schauen.

»Wo gehen wir eigentlich hin?«

»Wir gehen einfach so lang, wie das Leben. Wie die Liebe.«

»Und wie geht die Liebe? Wie geht die, was meinst du?«

»Vorwärts, rückwärts, seitwärts ... Schluß. So geht die Liebe«, sagt sie.

»Schade.«

»Wieso?«

»Ja, schade«, sagt er. »Sonst hätte ich dir vorgeschlagen, wir könnten uns, wenn ich in der Gegend bin, alle paar Wochen sehen, auf einen Tag und eine Nacht. Können wir nicht?«

Sie bleiben auf einer Brücke stehen. Der Hund drückt die Schnauze durch das Geländer und wedelt mit dem Schwanz. Er grüßt wohl einen Fisch. Fede stemmt sich mit beiden Händen an der Brüstung hoch, verliert den Boden unter den Füßen. Ihre durchgestreckten Arme zittern. Als sie sich vor Anstrengung kaum noch halten kann, kann sie es endlich sagen.

»Nein«, sagt sie, »du hast so grauenhaft vorgelesen.«

Sie wünscht sich, es käme ein Regen, und das Schweigen, das von diesem Rauschen ausginge, verbreitete sich über die Stadt. Die Dächer naßglänzend, und sie unter einem davon, gegen eine fremde gebügelte Bettwäsche gedrückt, und auf ihr liegt ein Unterarm, ziemlich behaart, der Mann am Arm schläft, sagt etwas oder etwas nicht im Traum, um dann die Augen aufzuschlagen, sie anzusehen. Nur die Menschen sehen sich bei der Liebe an. Tiere nie. Der Mann nimmt sie bei den Hüften und setzt sie auf sich. Es ist Clemens.

»Sieh mich an«, sagt Wendisch.

»Kann ich machen«, sagt sie. »Aber mit Liebe ist da nichts.«

»Was war so schlimm an meinem Vorlesen?«

»Deine Schauspielerei«, sagt sie. »Deine Stimme war nicht einfach und machte kein Licht. Ich habe den Ton des Buches nicht gehört, weil du so laut warst. So ein Buch ist still, stelle ich mir vor. Du hast aus dem Auftritt des Buches deinen Auftritt gemacht. Du glaubtest, du seiest souverän und elegant, aber für mich hast du nur nachgemacht, was ein Künstler ist. Das war alles recht unterhaltsam, und deine Zuhörer haben dich gemocht. Du bist auf eine intelligente Weise interessant. Glückwunsch. Du hast aber dein Buch an die Wand gespielt, und deine Zuhörer haben die Verve bewundert, die deine Stimme bei dem Kraftakt hat. Ich würde dein Lesen Lärm nennen.«

»Trotzdem bist du zurückgekommen, um ein Buch zu kaufen. Was willst du damit heute nacht?«

Jetzt, wo er fragt, fällt ihr ein, was sie will.

»Fahr mich zum Bahnhof«, sagt sie. »Sofort!«

Bei »sofort« läuft der Hund los, ein wenig schräg und die dunkle Straße entlang.

»Warte«, hat Wendisch beim Auto gesagt und etwas aufgeschrieben, das Blatt geknickt, klein, kleiner und ihr in den Ausschnitt geschoben. Dahin, wo Clemens sie manchmal küßt. Es war seine Adresse.

»Der Bahnhof ist gleich dort«, hat er gesagt, »hinter der Einbahnstraße. Du bist schneller zu Fuß da.«

Er hat die Beifahrertür für den Hund aufgeschlossen, sich hinter das Steuer gesetzt. Ein Handschuh hat unter dem Scheibenwischer geklemmt. Fede hat ihn gleich gesehen, er erst, als er die Zündung und dann die Scheibenwischer angestellt hatte.

»Schau mal, da winkt dir eine«, hat sie gesagt und in dem Moment gewußt: Ich habe mich entliebt, längst schon, und in den letzten Stunden endgültig. Ich werde nach Sesenheim zurückfahren, mit dem ersten Zug am Morgen, und noch vor Schulbeginn beim Elternhaus das Gartentor ölen.

»Ich gehe jetzt«, hat sie gesagt.

»So eifersüchtig«, hat Wendisch gesagt und eine Braue hochgezogen, hat den Oberkörper halb aus dem Auto gehoben, um den Handschuh unter dem Wischer wegzuziehen.

»So eifersüchtig, wegen eines Handschuhs? Ist doch ganz originell von ihr, oder?«

»Ja«, sagt sie, »aber den Hund unter den Wischer zu klemmen, wäre noch origineller gewesen.«

Wendisch hat zu gut ausgesehen, als er durch die Seitenscheibe noch einmal zu ihr hochsah, und sie ist sehr rasch gegangen, bevor ihr Herz oder ihr Fleisch sie hätten überlisten können. Sie hat seinen Blick, eine letzte Versuchung, im Rücken gespürt und deutlicher deswegen die Kontur ihres Körpers unter dem Mantel, als sei sie nackt.

Natürlich hat sie sich da gewünscht, er würde den albernen Handschuh dieser albernen Person und den albernen Hund dazu an der nächsten Ecke aus dem Auto werfen. Er würde sich diese letzte alberne Mühe machen, für sie, und hinter ihr herlaufen. Sie hat sich nicht umgedreht.

... es war die Nacht vom 17. auf den 18. November. Die Nacht der Leoniden. Wir fuhren gegen Mitternacht auf ein freies Feld hinaus, um die kleinen Sterne stürzen zu sehen. Wir.

Nach wenigen Schritten ist der Satz fertig. Das schreibt er sich jetzt so auf. Wieder so ein Satz von ihr, auf dem er dann schreibt. Da ist sie sicher. Das ist es, was bleibt von der Nacht, in der er an der richtigen Stelle nicht dabei war. Das ist es, was ihn am Leben hält. Nicht dabei sein, aber trotzdem das Richtige schreiben. In dem Moment dachte sie einen richtigen Satz, und als er fertig war, war er verschwunden. Wendisch wäre das nicht passiert.

Während sie über den leeren Bahnhofsvorplatz ging, die katzenäugigen Leuchtstreben auf dem Boden als Weg meidend, während die wasserdichten Schuhe nach einem langen Tag drückten, während die Leuchtschriften der Hotels vis à vis der nächtlichen Bahnhofsfassade in Rot und Gelb und Blau andere Städte, andere Frauennamen vorschlugen, Nizza, Stella, Bordighera, während sie auf die Eingangshalle zuging, groß und schmal, von der Nacht zu einer wunderbaren Erscheinung hochgezogen, glaubte sie allerdings, die Welt in ihrem Rücken sehe ihr zu und stehe ihr bei. Sie drehte sich doch noch einmal um, sein Buch unter dem Arm, und ging rückwärts.

So sah sie nicht das Taxi, gegen das sie lief. Es war leer.

4.

Einen Moment lang überlegt sie, ob sie im Stella oder Bordighera ein Zimmer nehmen soll. Dann wischt sie einer weißen Bank über die Sitzfläche, setzt sich, mit dem Rücken zur Glasfront des Bahnhofs, zu den Hotels, zur Stadt, zu diesem Abend. Sie schließt die Augen, hört die Neonleuchten über ihrem Kopf summen und summt mit. In der Bahnhofshalle Straßburg streift sie die bösen Schuhe von den Füßen und versucht, im Schutz der modernen Glasarchitektur einzuschlafen. Vier Uhr siebenundfünfzig fährt der erste Zug Richtung Sesenheim. Über Fede auf der Bank flattert eine einzelne Taube unter dem Glasdach und findet keinen Weg hinaus. Schlaf doch, sagt sie zu der Taube und schläft selbst ein. Es ist kurz vor halb fünf, als sie das nächste Mal aufwacht. Aus dem Nachtzug Marseille–Paris–Berlin kommen ein paar müde Reisende, denen man ansieht, sie haben eben noch die Hände im Haar gehabt, haben eben noch mit leisen Stimmen im abgedunkelten Abteil geredet, ein Pfefferminz oder Kaugummi in den Mund gesteckt und abwechselnd auf ihre Armbanduhren geschaut, als verginge so die Zeit schneller. Auch sie schaut auf die Uhr. Clemens' Uhr. Noch immer stechen der große und der kleine Zeiger in den roten Stern. Sie dreht die Uhr auf und stellt sie nach.

Sehr geschickt, ihr eine Uhr zu schenken. So muß sie immer an ihn denken, immer wenn sie hinschaut.

Kurz vor fünf. Nichts würde sich so früh morgens in einem Vorortzug mit schmutzigen Scheiben, Richtung Sesenheim, klären lassen. Sie schaut über flache öde Landschaft, die dem Rhein und den Reihern gehört, und freut sich auf zu Hause. Die Flammkuchenfabrik wird beim Bahnübergang die Nachtschicht ausspucken, ihr Zug wird dort vorbeifahren, und nur sie wird hinausschauen. Am Abend kurz vor sieben werden wie immer die Glocken läuten, erst die evangelischen, dann, zur Antwort, die katholischen, die aber tiefer. Sie werden den anderen im Dorf den Himmel bestätigen und ihr, obwohl sie nicht glaubt, ein Zuhause sein. Sie wird freitags jede geleerte Mülltonne vom Haus an ihrem hohlen Klang wiedererkennen und auch, wer sie von der Straße zurück in den Keller zerrt, ob der Besitzer des Fahrradgeschäftes oder die Nachbarin aus dem dritten Stock, die immer so hemmungslos singt, als sei das ganze Haus eine Badewanne, oder der Junggeselle aus dem vierten Obergeschoß, links, der am Wochenende im ganzen Treppenhaus diesen Geruch nach billigem Rasierwasser verbreitet. Sie wird bald wieder am Fenster sitzen und jede Fahrradklingel von weitem erkennen.

»Und Sie waren in Straßburg?« Der Mann im Zug ihr gegenüber schaut sie schon die ganze Zeit an. Auch er riecht nach Rasierwasser.

»Bildhauerin, Schauspielerin, Töpferin?«

»Nein, Lehrerin.«

»Ach so eine. Sehen Sie«, sagt er da, »heute morgen waren es vier Grad unter Null. Aber das Wasser hat vergessen zu gefrieren. Ich habe in die Pfütze vor meinem Auto geschaut, dann in die Regentonne, dann in den Trinknapf für die Meisen. Kein Eis. Nicht mal ein Glanz von Kälte. Ich habe gedacht, ich werde verrückt. Dann bin ich ins Haus zurückgegangen und dachte, wo ist meine Frau. Einen Augenblick habe ich geglaubt, ich hätte sie gestern abend an der Tankstelle bei Hagenau vergessen. Aber nein, nein, sie war ja tot. Das hatte ich vergessen, und da habe ich mich weiter erinnert. Ich hatte sie nie geliebt, und in dem Moment habe ich mich auch an das Wasser draußen erinnert, den Winter. Das Eis.« Er klopft gegen die Zugfensterscheibe. »Sehen Sie? So ist dann alles gefroren.«

Fede drückt die Stirn gegen die Scheibe. Sie legt das Gesicht in die Hände. Ihr Gesicht ist sehr schwer.

»Ist Ihnen nicht wohl?«

»Doch, doch.« Sein Rasierwasser in der Nase, schaut sie auf, streift seinen Blick und sieht wieder aus dem Fenster.

Der Morgen draußen hat ein graues Kleid an, das er sich nicht ausziehen läßt.

Vor dem Bahnhof Sesenheim steht ein einzelnes Taxi. Den Fahrer kennt sie seit immer. Vom 19. November bis zum 8. März trägt er in jedem Winter eine russische Pelzmütze. Den roten Stern, sein drittes Auge im Fell, hat er ihr vor über zwanzig Jahren einmal geschenkt. Da war sie vielleicht siebzehn. Er hebt zum Gruß zwei Finger zur Stirn.

»Du warst in Straßburg?«

»Ja.«

»Streunerin«, sagt er.

Sie geht weiter und sieht sich von außen. Ein großes müdes Pferd mit einer Laufmasche, links. Ja, sie kommt von Straßburg nach Sesenheim zurück. Von S. nach S. Sie ist also nicht sehr weit gekommen. Vor dem Coop stößt die Frau des Pächters mit dem Fuß Obstkisten in die Kälte. Äpfel, Bananen, sogar Mangos. Die Ärmsten. Die Kälte drückt von außen gegen die Ladenfenster, und innen brennt ein eiserner Ofen gleich hinter der Tür. Auf dem Ofenrohr steht in Rot und von Hand geschrieben *Dominique*. Das hat schon immer da gestanden, und so hat sich nie jemand gefragt, wer eigentlich Dominique gewesen sein mag.

Fede biegt in die Straße ein, in der sie früher gewohnt hat, als ihre Eltern noch lebten. Ein leichter Regen setzt ein. Dann Wind. Der Wind wird stärker. Beim Haus des Pfarrers schlägt im ersten Stock unsanft eine Fensterhälfte zu. Jemand schaut zu ihr herunter, während er die zweite von innen schließt. Das Gesicht hinter dem Glas ist ein großer grauer Fleck und vom Schlaf noch gedunsen. Sie läuft Richtung Ortsausgang. Als sie ihr Apartmenthaus erreicht, biegt gerade eine Betonwalze um die Ecke. Sie werden es also doch tun, den Rasenstreifen betonieren, um numerierte Parkplätze für die Anwohner zu schaffen.

Sie nimmt den Aufzug in den sechsten Stock, schließt ihre Wohnung auf, betritt ihr Schließfach, wie sie es nennt, und streift gleich bei der Tür die regendichten Schuhe ab, legt das Buch von Wendisch auf die Heizung im Flur und wirft einen Blick in den Wohnraum. Die Teerosen auf der Tapete kommen ihr vollzählig vor. Sie schaut ins Bad. In dem Spiegel über dem Waschbecken prüft sie ihr Gesicht, malt unentschlossen mit einem weißen und einem roten Stift an der Müdigkeit herum. Sie denkt an eine Tasse Tee und eine Brioche im Stehen und daran, diesen blöden Klodeckel zu schließen, der seit gestern abend offen steht, als Clemens sie für Straßburg abgeholt hat und als letzter zum Klo gewesen ist. Sie nimmt das Telefon und wählt seine Nummer. Keiner geht ran.

Sie geht zurück ins Bad und wirft den Klodeckel zu.

Bis zur Schule braucht sie nur wenige Minuten. Das Schulhaus steht als Quergebäude zum Rathaus, verlängert vom Turnhallenpavillon, wo die Mädchen die unteren Fensterscheiben mit Packpapier verklebt haben, wegen der Jungen, die aber trotzdem am Nachmittag feixend mit ihren Mofas dort herumstehen. Von weitem sieht sie die Schulhofbänke aus Stein mit aufgeklebtem Badezimmermosaik, dem nach jedem Winter mehr Steinchen fehlen, vor allem rote, und neben der Bank liegt dieser Haufen Tannengrün, mit dem der Hausmeister Monsieur Berger etwas Weihnachtliches vorhat, seit Ende Oktober schon. Drei Steinstufen führen zum Schulflur hinauf, die Tür geht so schwer, daß die Kinder sie kaum öffnen können. Aber in Japan sind die Türen an den Schulen noch viel schlimmer, sagt Fede den Kindern immer. Da werden die, die zu spät kommen, von einem Gitter zerquetscht, das Punkt acht heruntergelassen wird. Oft droht sie ihren Kindern mit Japan. Das hält sie ruhiger, wenigstens bis nach dem Wochenende.

Der Montag, einer von vielen, einer wie immer. Vielleicht läuft sie ein wenig schneller als sonst, denn der

Wind ist eine große Hand in ihrem Rücken. Doch dann bleibt sie plötzlich stehen.

Auf der Kühlerhaube des blauen Peugeot sitzen Clemens und Mathilde.

Sein Wagen parkt direkt vor dem Schuleingang. Zwei Angestellte vom Rathaus stellen ihre Räder an einem Baum ab, obwohl es Fahrradständer im Hof gibt, die grauen für die Stadt, die grünen für die Schule. Mathilde und Clemens sprechen nicht miteinander. Sie lächeln ihr entgegen. Er hat ein anderes Gesicht, blaß, und unter der Blässe fester als gestern noch.

»Wir haben auf dich gewartet«, sagt Clemens. Mathilde nickt.

Wir!

Der Platz neben ihm ist besetzt, und sie hat zu lange in der Erinnerung mit Wendisch auf einer anderen Kühlerhaube herumgesessen. Im Abschied. Auf einem Ford Transit, silbergrau, der längst abgefahren ist. Die Aussicht beim südlichen Bahnübergang ist immer beschissen gewesen. Man sieht von dort aus, wo Wendisch sie vor fünfzehn Jahren hat stehen lassen, das düstere geduckte Bahnwärterhäuschen, in dem ab nachmittags eine häßliche Deckenlampe brennt, unter der die Familie beim Kartenspiel und die Großmutter vor dem Fernseher hocken, und hinter dem Bahnwärterhäuschen sieht man auf die Sümpfe beim Fluß. Warum hat sie an einen einzigen Satz von Wendisch ihre Zukunft gehängt: Wir werden eines Tages auf der Schwelle eines alten Hauses hier in Sesenheim mit den Nasen gegeneinanderstoßen. Darauf hat sie gewartet. Wie albern. Spätestens als er sagte, er wisse sogar, was er an diesem Tag des Wiedersehens tragen würde, etwas Hechtgraues nämlich, hätte sie auf einen anderen Stuhl im Leben rücken müssen. Wie schnell es doch geht, daß man zu langsam ist. Mit dem Mittelfinger sucht sie das Haar am Kinn, diese schwarze Borste, die alle drei Tage nachwächst. Sie sieht Clemens dabei an. Es wird noch ein wenig dauern, aber sie hat schon verloren, und wenn man älter wird, ist jede Niederlage eine Demütigung. Sie sucht mit dem Finger am Kinn herum und macht ein blödes Gesicht.

»Habt ihr euch schon geküßt?« Sie wirft einen prüfenden Blick auf die beiden falsch abgestellten Fahrräder dabei und bildet sich ein, da stünden zwei Kartons, auf beiden der Buchstabe W für Wendisch. Kartons, in denen nichts mehr ist. Eine schwarze Krähe landet auf dem Mülleimer neben den falsch abgestellten Fahrrädern und dreht den Kopf, als solle man sie von allen Seiten zeichnen.

»Wie bitte?« Clemens rutscht von der Kühlerhaube. Er

zündet sich eine Zigarette an, schiebt den Kiefer vor, so daß die Zigarette wieder in diesem gewissen Winkel von seinem Gesicht absteht. Der gewisse Winkel, wie ein gewisses Lächeln. Ein sehr männliches Kind, das breitbeinig ihr Leben betreten hat, das nachts so leise atmet, wie alte Männer laut schnarchen, und das sie plötzlich doch liebt, weil sie bemerkt, kein Teil seines Körpers ist ihr lieber als sein Gesicht. Sie hätte sich früher bei der Liebe erwischen sollen. Clemens steht nun dicht vor ihr und legt die Hand an ihren Hals. Er schaut auf ihre Taille, den Hosenbund, und gleich wird er wieder sagen: So eine Jeans kann man nicht ohne Gürtel tragen, Fede. Aber er legt nur die Hand an ihren Hals, die Hand, die im nächsten Jahr um diese Zeit sich nicht mehr auf sie legen wird. Zu Neujahr werden sie sich noch einmal schreiben, und eines Tages wird alles vergessen sein.

Irgendwo läßt ein Auto den Motor an, fährt aber nicht weg. Und sie beide, eine Doppelfigur und aus der Achse geraten, kippen noch nicht, sondern halten. Ein schmaler Grat, der Kuß. Sein Handgelenk ist nah an ihrem Ohr. So hört sie seine Armbanduhr ticken, und als sie einmal kurz die Augen öffnet, sieht sie auf seiner linken Schulter die kleine Mathilde hocken, obwohl sie beim Auto steht. Sie hockt da wie ein zutraulicher Vogel. Eine optische Täuschung zwar, aber beängstigend, wie sie, die Züge entspannt, sich an etwas wärmt beim Warten, als habe sie die ganze Zeit über einen Fleck Morgensonne im Gesicht, an so einem trüben Tag wie heute. Heute gilt wohl für sie nicht. Sie sieht blind und groß und ruhig aus, die kleine Mathilde, und Fede hört sie hinter den dünnen geschlossenen Lidern da drüben den Satz von damals wiederholen: Ich habe Sie schon oft gesehen, Sie fahren doch unter der Woche nach Straßburg in einem blauen Peugeot. Sie fahren manchmal an mir vorbei.

In dem Moment fährt das Auto mit dem laufenden Motor fort.

»Was macht der Papagei, Mathilde, dein Linkskraller?« Fede schiebt Clemens ein Stück von sich fort und fragt munter, um die Stille, die zwischen ihnen entstehen könnte, zu vertreiben. Die Krähe hat einen Rest Bratwurst aus dem Müll gezogen und fliegt auf. Hoch über der Krähe fliegt ein Flugzeug. Sesenheim liegt in der Einflugschneise von Straßburg, und in den letzten Jahren stehen immer mehr Häuser leer.

»Der Papagei ist mir weggeflogen, vorgestern«, sagt Mathilde leise. »Ich lebe jetzt allein. Daran muß man sich erst einmal gewöhnen.«

In Straßburg sei er schon fünfzehn Jahre nicht mehr gewesen, sagt der Hausmeister. Seitdem er ohne Auto sei.

Ob sie denn einen schönen Abend gehabt habe? Sie nickt. Ja. Straßburg ist für manche ein ganzes Leben von Sesenheim entfernt.

Fede steht im Schulflur, und hinter den Türen murmelt es. Es riecht nach alten Äpfeln, Putzmittel, lauwarmer Milch und Weichspüler. Monsieur Berger geht. Dafür kommt die Sonne. Ein paar weiße Strahlen dringen durch die dünne Wolkendecke, dann durch die ungeputzten Oberlichter der Flurfenster, nun in Bündeln, und bescheinen die Kleiderhaken auf Kindshöhe. Zwei Haken fehlen. Zwei dicke Nägel ersetzen sie, von Monsieur Berger persönlich in den bröckelnden Putz eingeschlagen. Auf dem rotbraunen PVC führen acht hellere Trampelpfade zu den acht Klassenzimmern und irgend etwas, vielleicht der Handspiegel einer dieser kleinen Sekretärinnen drüben im Rathaus, blendet Fede, als sie dort so ratlos steht. Als die Hauskatze ihr um die Beine geht, bückt sie sich: »Laß dich bloß nicht sterilisieren, denn das mit der Liebe geschieht nicht dauernd, man muß schon nehmen, was man kriegt«, sagt sie, »ja, und so ein Kater, das sind mindestens drei Kätzchen, also wenigstens was fürs Herz.«

Da schlägt der Schulgong am Ende der ersten Stunde. Sie kneift die Katze ins Genick und richtet sich auf, steht mit Jeans und ohne Gürtel mitten im Gang, während die Kinder um sie herumlaufen und zu laut grüßen. Sechste

Stunde Sport, denkt sie, geht in ihr Klassenzimmer, öffnet die Fenster. Die letzten Blätter sind endlich von den Bäumen gefallen und kleben auf dem nassen Straßenpflaster.

Wo Clemens' Auto gestanden hat, ist ein heller Fleck auf dem regennassen Asphalt.

Er habe geträumt, er habe plötzlich das Gesicht von Robert Mitchum, und das sei schweißnaß, während eine Frau, deren Gesicht er gar nicht erkennen könne ...

Die Hand am Hörer, räumt Fede mit der anderen das feuchte Sportzeug aus der Schultasche. Typ Traumfrau also, sagt sie. Draußen wird es dunkel. Clemens hat ihren Einwurf nicht gehört und redet schon weiter.

... eine Frau also, die ihn anstarre, und wie er auch Whisky trinke. Er habe nämlich, er als Robert Mitchum, unterhalb des Herzens einen Steckschuß. Und einen im Bein. Was? Das sei nicht so schlimm? Man müsse nur liegenbleiben, bis einer käme? Aber das könne im Traum dauern ...

»Aber da ist doch noch die Frau«, sagt Fede.

Er sei dann, sagt Clemens, ohne Robert Mitchum im Bett aufgewacht, so gegen sechs, sei ins Bad gegangen, und habe angefangen, sich zu rasieren. Irgendwann sei ihm klar geworden, daß es nicht schäumte.

»Zahnpasta«, sagt er. »Ich habe aus Versehen Zahnpasta genommen.«

Sie lacht, und das ist es, was er will. Denn noch in ihr Lachen hinein fragt er:

»Kann ich jetzt kommen?«

Fede fährt mit dem Blick die Wandregale in ihrem Zimmer entlang. Alles Bücher. Einmal, als sie einer Freundin eine Aufnahme von sich und dem neuen Apartment geschickt hat, hat die zurückgeschrieben: Gut siehst Du aus. Aber in welcher Bibliothek ist das denn aufgenommen?

»Fede?«

»Komm«, sagte sie.

Ich kaufe ab jetzt Weichspüler und er bleibt, denkt sie und starrt an die Decke. Nach sieben Jahren, an einem sonnigen Novembernachmittag, werde ich sagen, siehst du, nun sind wir schon sieben Jahre zusammen. Siehst du, wir haben gelernt, glücklich zu sein. Clemens wird nicken. Dann wird er mich küssen und gehen.

Fede dreht sich auf den Bauch. Clemens liegt neben ihr.

Er hat sie vor einer halben Stunde mit einem Griff in den Nacken auf das Bett geworfen, so wie man kleine dünne Mädchen im Schwimmbad zurück ins Wasser wirft, bis sie lachen. Aber Fedes Begeisterung hat etwas gefehlt, ihrem Lächeln auch. Er hat ihren Hals, ihre Brust, ihr Haar gebissen, und sie hat dabei an etwas anderes gedacht. Möge er doch für den Rest seines Lebens all die Frauen, die nach ihr kommen, danach abtasten, ob und wo sie ihr ähnlich sein könnten, damit er in ihnen zwar die Welt, aber nicht sie, Fede, vergessen kann. Bist du jetzt glücklich, werden die anderen Frauen fragen müssen, und er wird in dem Moment bemerken, daß er traurig ist. Wegen Fede. Der Dorfschullehrerin von damals, großer, schmaler Mund und blau-graue Augen, ein breites, aber feines, herzförmiges Gesicht, und ein Zug von Kummer um den Mund, der eigentlich genau Fede ist.

»Was denkst du?« Clemens steht auf, stellt sich lässig ans Fenster, öffnet es, ohne Sorge, daß etwas an seinem Körper nicht stimmen könnte und er sich deshalb vielleicht anders drehen sollte. Er lehnt sich hinaus.

»Was denkst du?«

Was für Fragen der plötzlich stellen kann.

Er lehnt sich noch weiter hinaus, so daß auch alle Nachbarn ihn sehen können.

»Die haben ja den Rasen da unten zubetoniert«, sagt er und schnippt seine Zigarette hinaus. »Ist mir vorhin gar nicht aufgefallen. Sieht ja beschissen aus.«

»Ja.« Sie greift an das Kopfende vom Bett und knipst die Leselampe an.

»Komm her.«

Er dreht sich um. Sie hat das Buch von Wendisch in der Hand.

»Lies«, sagt sie. »Lies mir vor.«

»Oktober 1942 legte das Schiff weit von Shanghai entfernt an. Von Bord ging die Frau des Arztes ohne ihren Mann. Ein junger Passagier hielt sie am Arm fest, bevor sie aussteigen konnte. Die letzten fünfzehn Tage hatten sie im Nebel verbracht.« Clemens liest laut. Es ist, als sähe sie ihn das erste Mal ganz, während er für sie liest. Fast auf einem Ton, neugierig und vorsichtig und behutsam mit jedem Wort, tastet er sich mit der Stimme an. Er findet den Ton, weil er sucht.

Beide liegen sie in die gelbe Lichtlache der Leselampe getaucht. Clemens blättert um und biegt das Buch gewaltsam auseinander, bis der Einband leise knackt.

»Mann, Vorsicht. Buchrücken sind Engelsrücken.«

»Aber das mach ich doch mit dir auch so.« Er grinst. Clemens muß als Kind ein zufriedener bunter Holzklotz gewesen sein. Solche Klötze hat es in Fedes Generation noch nicht gegeben. Oder sie hat nicht mit solchen gespielt.

»Lies weiter.«

»An einem heißen Januartag gegen Ende des Monats drehte der Wind.«

»Du liest nie laut?« fragt Fede.

»Ich lese nie.«

»Gefällt es dir trotzdem?«

»Wenn es dir gefällt, meine Süße.« Er versucht sie zu küssen.

»Lies weiter.« Sie sieht andächtig zur Zimmerdecke.

»Nachdem er still gebetet hatte, sah er eine Reisende eintreten, durchnäßt wie eine Schiffbrüchige und von den Kindern bestaunt.«

Er liest, und sie lernen sich noch einmal kennen.

Noch einmal wirft Clemens an ihrem ersten Schützenfestabend im Mai sein Feuerzeug in den Gulli vor ihrem Haus und fragt: Hast du da oben Feuer? Noch einmal sagt er Anfang Juni: Du hast 98 Punkte, und sie schweigt. Ja, nur 98 Punkte, denn du bist nicht richtig blond und du kannst nicht Skifahren, außerdem bist du jetzt dafür zu alt. Noch einmal ist es Oktober, und sie murmelt in seinem Arm im Halbschlaf: Der Baum da, ganz gelb. Und noch einmal fängt an dem Tag mit der Herbstkälte etwas Neues an zwischen ihnen, aber anders als damals. Nicht diese unverbindliche Vertrautheit, sondern eine Zukunft und eine Verschworenheit. Noch einmal geht er an jenem

Morgen mit Hemd aus der Hose zur Tür hinaus, wie im Sommer, und sagt, ohne sich nach ihr umzudrehen: Jetzt hast du 99 Punkte. Er meint es ernst.

Clemens klappt das Buch zu. Aus Wendischs Geschichte ist seine geworden, und Fede strahlt ihn an.

Eine Woche später. Clemens kommt gegen sechs. Es ist schon dunkel, und beim Coop verkaufen sie die ersten Weihnachtsbäume.

Wenn es klingelt, schaltet Fede seit einer Woche gleich das Deckenlicht aus und die Lampe neben dem Bett an. Sie liegen eine Zeit ineinander verschlungen, lieben sich oder lieben sich noch nicht, bis sie sagt: Los, lies. Sie schlägt das Buch an der Stelle auf, wo sie Wendischs Geschichte am Tag zuvor verlassen haben, und denkt an etwas anderes dabei. Daran, was nach dem Lesen kommen wird, und daran, daß nachher sie an den Moment jetzt denken wird. Oder daran, daß sie auch in diesem Jahr keinen Baum kaufen wird. So sitzen drei Momente auf einem und machen das Leben weniger schlimm. Später dann schlafen sie ein, er zuerst, und sie schaut im Dunkeln manchmal überrascht zu ihm hinüber, nicht wie früher wegen seiner Schönheit, denn die hat längst die Nacht verschluckt. Sie schaut ihn an und würde gern hinter seine geschlossenen Lider sehen. Dann schließt sie selber die Augen und erinnert sich. Als sie als Kind zum ersten Mal mit der Mutter in der Metro von Paris war und sie beide bei der Bastille einstiegen, in die Linie, die bis zur Endstation unterirdisch fährt, da hat sie, Fede, sich gleich in den Zug gedrängt, hat diese junge Mutter vom Land am Rock als erste mit durch die schmatzende Tür gezogen, kaum daß die offen war, und hat gerufen: Mama, Mama, schnell, damit wir einen Fensterplatz bekommen.

Fede öffnet die Augen. Jetzt ist es im Zimmer dreifach dunkel, wenn man die Dunkelheit von Flur und Bad mitzählt. Sie tastet nach Clemens' Hand, und er, im Schlaf, erwidert den Druck ihrer Finger. Ja.

## 5.

Und noch eine Woche später hat es richtig angefangen zu schneien. Die älteren Frauen im Dorf haben längst ihre Kopftücher unter dem Kinn fester gebunden. Magere Flocken, fast noch Tropfen, fallen senkrecht unter der Straßenlaterne auf den Asphalt. Sie steht am geöffneten Fenster. Der Straßenlärm läßt nach, wie immer bei Schnee, wie immer am Abend. Als ob die Stadt, als ob die Welt sich vom Haus entferne. Nur die Geräusche der

Nachbarn rücken näher, die Vorabendserie im dritten, der Dauerschnupfen im fünften, das Baby, das zahnt, im ersten Stock. Am Straßenrand hält der dunkelblaue Peugeot. Als seine Fahrertür sich öffnet, hört sie diese Musik, die sie nicht mag. Dann das Geräusch der Autoantenne, die hineingefahren wird. Sie schließt das Fenster. Das dünne Tuch Schnee unter ihrem Fenster bleibt unberührt. Clemens fährt nie auf den Anwohnerparkplatz.

Er steht in der Tür, in seinem dunklen Vertreteranzug, und lockert den Krawattenknoten. Ich muß gegen zehn noch mal weg, sagt er, lächelt dabei und schließt die Lider. Wieder ihr Wunsch, dahinterzusehen. Wieder der Wunsch, dort zu sehen, was sie sich wünscht. Sie stellt sich vor, er küsse sie in die Beuge am Hals, und sie ließe die Knie auseinanderfallen, er küsse ihre Schläfe und sie lächele, er küsse ihren Puls, und sie öffne die Fäuste. Sie schließt die Etagentür, nimmt seine Hand und führt sie von der Gürtelschnalle abwärts über den Reißverschluß seiner Hose. Er sagt nichts, aber sein Gesicht. Sie öffnet die Schnalle, zieht den Gürtel mit einem Ruck aus den Schlaufen und läßt ihn am ausgestreckten Arm baumeln. Das hier, sagt sie laut, ist eine Verhaftung. So sind die Frauen, widerspricht ihr Lächeln, wenn der Wind einmal weht, weht er durch jede Ritze. Ach, lesen wir heute abend nicht? Er ist erstaunt, dann schaut er auf den Gürtel. Los, ausziehen, sagt sie. Er schaut sie an, ohne mit den Wimpern zu zucken. Sie faßt sich ins Gesicht. Es ist anders geworden? Ein kleiner gelber Winterapfel? Die Haut sitzt nicht mehr fest auf dem Fleisch? Ob man sich verbraucht, ob man neu wird bei der Liebe? Zieh dich aus, sagt sie, und er und sie sitzen noch einmal im Auto, auf dem Parkplatz, vor der Oper Straßburg, wie neulich. Er knöpft im Stehen das Hemd auf, wie immer von unten nach oben, und fragt, warum. Es gibt keinen Grund, es ist nur näher, sagt sie. Das Hemd fällt auf die Schwelle. Los, und sie stößt ihn gegen den Türrahmen, erst mit den Händen, dann mit ihrem ganzen Körper. Dann lehnt sie sich wieder zurück an den Pfosten ihm gegenüber. Das ist ihr Spiel. Sie treiben sich gegenseitig in die Hitze und versichern sich danach der Kälte. Plötzlich aber ist Fede nicht mehr sicher, ob das bei ihm ebenso gilt, und vielleicht nur, um wieder sicher zu sein, was gilt, stellt sie sich vor: Eines Sonnabends, mittags, in fünf oder sechs Jahren, kommen sie mit ihren Rädern vom Wochenmarkt und sind mittlerweile zu dritt. Clemens, sie, und auf ihrem Gepäckträger das Kind. Ein Junge, fünf, und mit einer Sonnenblume in der Hand. Und an diesem Samstagmittag, als das Kind mit der freien Hand versucht, bei Coop in den Kleiderständer mit den Sonderangeboten zu fassen und die neue Verkäuferin zufällig in die Tür gelehnt steht, raucht und lächelt und beides sehr langsam tut, an ebendiesem Mittag in fünf oder sechs Jahren, da schiebt Fede ihr Rad mit dem Kind nah an die andere Frau heran, damit sie dem Jungen über den Kopf streichen, und »schönes Kind, schöne Blume, schönes Wochenende« sagen kann, während die rote Markise ein sanftes rosa Licht auf die Szene wirft. Und in diesem Licht, oder vielleicht auch wegen dieses Lichts, fragt Fede leise die andere Frau, was sie denn koste. Was sie denn koste, die Frau. Dabei dreht sie sich zu Clemens um, der an dem Tag Geburtstag hat. Der Blick der Verkäuferin streift erst das Kind, dann Fede, dann den, der Geburtstag hat. Ihre Wimpern sind lang, bis zu ihm hinüber. Und da ist ein seltsames Geräusch, das Fede als Mädchen schon kannte, aber über das sie nie gesprochen hat.

Das Geräusch zwischen den Beinen von einem Mann.

Fede öffnet die Augen. Clemens steht nackt am Türpfosten gegenüber. Einer von ihnen wird bald schon zum Kühlschrank gehen, fragen, was willst du trinken, als sei nichts geschehen. Sie sind knapp einen Meter voneinander entfernt. Der Abstand ist für jede Fantasie groß genug.

Auf der Digitalanzeige ihres Radioweckers ist es halb zehn, als er sein Hemd wieder zuknöpft. Was tust du? Mich wieder anziehen. Du gehst? Ja, ins Kino. Jetzt noch, und in welchen Film überhaupt? In den, in den du mit mir nicht gehen willst, weil dir das Plakat nicht gefällt. Mit wem gehst du denn? Die Frage kommt kläglicher, als sie gewollt hat. Mit einer Bekannten.

Mathilde?

Richtig, Mathilde.

Gruß an den Papagei! Fede verstellt die Stimme zur Papageienstimme.

Während er unten den Schlüssel in die Wagentür steckt, öffnet sie oben das Fenster. Er gehe aber auch in jeden Film, der ein großes Plakat habe! klingt es zu fröhlich auf die stille Straße hinunter. Er lacht, legt den Kopf in den Nacken, küßt zwei Fingerspitzen und schlägt sie in ihre Richtung aus. Ein Taxi fährt vorbei und verschluckt fast seine Antwort. Komme gegen eins zurück, darf ich?

Ob er dann schon gegessen habe?

Er zeigt ihr einen Vogel.

Dann ist die Straße leer. Niemand mehr da, nicht mal mehr einer, der langsam vorbeigeht. Was wird Clemens jetzt tun? Und was wird er dann tun? Und was wird dann sein? Sie, Fede, wird nichts tun, aber das mit Haltung. Was wird der Papagei tun, wenn Clemens bei Mathilde zur Tür hereinkommt? Geht-ihr-jetzt-vögeln-los-geht-vögeln, wird er krächzen? Was wird Mathilde tun? Das Tuch nehmen und es über den Käfig werfen? Und dann? Die beiden?

So ist das. Erst ist man traurig, dann einsam, dann allein, dann schaltet man den Fernseher ein. Fede drückt auf die Fernbedienung. Jemand mit Wiesen und Pusteblumen im Hintergrund empfiehlt ihr, das Deo zu wechseln. Sie haßt Pusteblumen, die haben immer so etwas Befruchtendes. Sie nimmt ein Bad. Als sie das Unterhemd auszieht, ist da ein dürres Geräusch von Stoff auf Haut. Sie legt sich in die Wanne, das Wasser reicht bis zum Kinn, der Schaum knistert in kleinen ebenmäßigen Hügeln vor ihrer Nase. Ja, solange es ein Bad gibt, lohnt es sich zu leben. Sie löst sich im warmen Wasser langsam auf. Im Fernsehen wird es später einen alten Film mit Romy Schneider geben, sie wird erst eine halbe Flasche Wein dazu trinken und dann die andere Hälfte auch noch und wird, wenn sie sich eine Zigarette anzündet, meinen, sie habe das Gesicht von Romy Schneider.

Später, als Mitternacht bereits vorbei und sie fast eingeschlafen ist, hört sie, wie irgendwo im Haus sich sanft eine Tür öffnet, hört sie Pantoffeln im Flur, hört den Aufzug surren, und dann die Pantoffeln auf einem Korridor, der zu ihr führt. Sie steht auf, um Wasser zu trinken, und hebt beiläufig den Gürtel von der Türschwelle auf und geht danach schnell ins Bett zurück. Regen fällt da draußen auf den Schnee und wäscht vielleicht bis morgen die Welt ganz fort. Sie schläft ein und hat mehrere kurze böse Träume. Um Viertel vor zwei klingelt es. Sie dreht sich um, merkt, ihr Nacken ist starr vom Warten. Bloß nicht aufstehen und hingehen, sonst erfüllt sich ein Alptraum, den sie seit langem schon hat. Vor der Tür steht nichts als Schwarz. Nur Schwarz. Nicht einmal Nacht. Nicht einmal niemand. Jetzt öffnen? Nein, denn dann dringt die schwarze unversöhnliche Einsamkeit des Sternenhimmels ins Apartment ein. Noch einmal hat es geklingelt. Sie schleicht sich zum Fenster und sieht, daß da ein Taxi steht auf der anderen Straßenseite. Der Motor läuft, aber weder der Fahrer noch ein Gast sind zu sehen. Sie geht leise in die Küche und setzt Teewasser auf, den Kessel füllt sie bis zum Rand, obwohl sie soviel Wasser für sich allein gar nicht braucht. Als sie zum Fenster zurückkommt, fährt das Taxi gerade fort, und sie glaubt, vier Schlußlichter zu sehen. Noch immer macht sie kein Licht im Zimmer, öffnet aber das Fenster, holt eine Wolldecke, die rote, die frisch nach Weichspüler riecht, und setzt sich auf die Fensterbank. Sie schaut in die Nacht hinaus. Auf der einen Seite, links, ist der Horizont heller, ein lichter Streif. Auf der anderen Seite ist es finster. Sie schaut in die Nacht hinaus, bis die Dunkelheit ihr auf die Augen drückt und sie, in die Wolldecke gehüllt, auf der Fensterbank einschläft. Auf dem Weg in den Schlaf begegnet sie einer Frau mit langem, sehr glattem, aschblondem Haar bis zum Hintern, die sie endlich fragen kann. Wo geht es denn hier zum Kino? Unter den langen Haaren trägt die Frau eine Polizeiuniform. Zum Kino? Die Frau streckt einen ebenfalls sehr langen Arm aus. Immer geradeaus, bis zur nächsten Kreuzung, dann rechts, und dann den Baum hoch.

Da pfeift der Wasserkessel, und Fede fällt. Sie fällt aus dem Traum heraus hinunter auf die Straße, sechs Stockwerke tief, und denkt im ersten Moment: Scheiße, schon wieder aus dem Bett gefallen. Aber sie fällt noch immer. So lange dauert das doch sonst nicht, daß sie dabei drei Gedanken haben kann. Ich falle wirklich, nein, nicht aus dem Bett, nein, jetzt wird es ernst, ich falle auf den Anwohnerparkplatz direkt unter meinem Fenster. Ich falle so schnell, daß mein Schutzengel mir nicht folgen kann.

Die Frau bin ich.

Der Wasserkessel pfeift, da oben im sechsten Stock auf ihrem Herd, pfeift so laut aus dem geöffneten Fenster in die kalte Winternacht hinein, daß wegen des Lärms nach und nach kleine häßliche gelbe Quadrate überall im Haus aufflackern, über ihr.

## LESEN SIE VON DER SELBEN AUTORIN

**Judith Kuckart**
**Lenas Liebe**
Roman. 303 Seiten, gebunden, 2002

Lena ist Schauspielerin gewesen, bis sie nach dem Tod ihrer Mutter zurück in die Kleinstadt geht, als sei sie in der Hälfte des Lebens schon am Ende. Sie trifft ihren früheren Geliebten Ludwig wieder, der Priester war, bis er »die Wirklichkeit der Wahrheit vorzog«.
Ein Roman über das Fehlen von Trost und die Ungewissheit von Liebe: »Immer diese Sehnsucht nach Momenten, die nie geschehen sind.«

»Ein Roman, der nachhallt, weil er völlig unaufdringlich die großen Sinnfragen stellt.« BRIGITTE

**Judith Kuckart**
**Die Autorenwitwe**
Erzählungen. 172 Seiten, gebunden, 2003

Sechs Menschen beginnen, »ihr Leben zu betrachten, wie man einen langen Regentag betrachtet, die Ellenbogen auf dem Fensterbrett«. Da ist die Frau mit dem großen Hund, die statt ihres Schriftstellergatten eine Stadtschreiberstelle in der ostdeutschen Provinz antritt und ihre eigene Leere findet. Da ist der Lehrer, der nach dem Tod seiner Frau eine Schülerin trifft, die ihm nicht mehr aus dem Kopf geht. Da ist die Frau, die für andere Leute Blumen gießt und auf erschreckende Geheimnisse stößt.
Es sind Geschichten in der beharrlichen Ratlosigkeit, die Judith Kuckarts Erzählen ausmacht: In Sätzen, die unter die Haut gehen, unternimmt sie Erkundungsfahrten in die menschliche Seele.

**Judith Kuckart**
**Der Bibliothekar**
Roman. 223 Seiten, gebunden, Neuausgabe 2004

Die Geschichte einer besessenen Liebe bis zum Tod: Hans-Ullrich Kolbe ist Bibliothekar jenseits der fünfzig. Jahrzehntelang hat er sich in seiner Bücherwelt vergraben, er riecht schon »aus dem Mund nach Büchern«. Nun will er sein Leben ändern, zieht durch Nachtclubs und stößt auf Jelena, die so alt ist wie seine Tochter. Die erdbeerblonde Stripteasetänzerin merkt, dass mit achtundzwanzig auch ihre Laufbahn bald zu Ende gehen wird. Die beiden finden einander – eine amour fou aus Gegensätzen. Wie sie bis zur Obsession einander verfallen und doch auch zu zweit einsam bleiben, das schildert Judith Kuckart mit seltener Intensität und Wahrhaftigkeit: Das Kunststück einer unmöglichen Liebe.

»Wer noch immer klagt über das Unvermögen deutscher Dichter, erotische Literatur zustande zu bekommen – Judith Kuckart wird ihn trösten.« DIE WELT

**Judith Kuckart**
**Kaiserstraße**
Roman. 317 Seiten, gebunden, 2006

Als Leo Böwe im Spätherbst 1957 durch die Frankfurter Kaiserstraße geht, hört er vom Mord an der Edelprostituierten Rosemarie Nitribitt. Der Name setzt sich in seinem Kopf fest wie der Name einer Geliebten, der er nie begegnet ist. Böwe ist im Begriff, eine Stelle als Vertreter für Waschmaschinen anzutreten, er lernt die Regeln des Geschäfts: »Der Verkauf beginnt, wenn der Käufer Nein sagt.«
Zehn Jahre später hat Böwe eine Tochter, Jule, die beiden haben es nicht leicht miteinander. Als Jule im Fernsehen den erschossenen Benno Ohnesorg sieht, beschließt sie: »Papi, wenn ich groß bin, erschieße ich dich auch.«
Durch fünf Jahrzehnte begleitet Judith Kuckarts großer Roman das Leben von Leo und Jule Böwe. *Kaiserstraße* ist ein Fotoalbum in Worten, in fünf Stationen verfolgt es die Entwicklung zweier gegensätzlicher Helden und markiert zugleich fünf Wendepunkte in der Geschichte der Republik: 1957, 1967, 1977, 1989, 1999. Und wie das Land sich verändert, verändern sich auch seine Bewohner. Es ist eine brüchige Karriere – denn verkaufen lässt sich vieles, Waschmaschinen ebenso wie Ideen, Werte und Politik. Verkaufen kann man am Ende auch sich selbst.

## DUMONT SPEICHER

MARCEL BEYER *Vergeßt mich*. Erzählung. Originalausgabe. Etwa 64 Seiten.

JOHN VON DÜFFEL *Hotel Angst*. Erzählung. Originalausgabe. Etwa 112 Seiten.

JULIA FRANCK *Mir nichts, dir nichts*. Drei Erzählungen. Etwa 64 Seiten.

MICHEL HOUELLEBECQ *Lebendig bleiben*. Deutschsprachige Erstausgabe. Aus dem Französischen von Hinrich Schmidt-Henkel. Etwa 64 Seiten.

JAN KONEFFKE *Abschiedsnovelle*. Originalausgabe. Etwa 112 Seiten.

JUDITH KUCKART *Dorfschönheit*. Erzählung. Etwa 96 Seiten.

ANDREA LEE *Mailänder Nächte*. Zwei Erzählungen. Aus dem Englischen von Angela Praesent. Etwa 96 Seiten.

DAVID MEANS *Das Nest*. Drei Storys. Deutschsprachige Erstausgabe. Aus dem Englischen von Dirk van Gunsteren. Etwa 72 Seiten.

HARUKI MURAKAMI *Frosch rettet Tokyo*. Drei Erzählungen. Aus dem Japanischen von Ursula Gräfe. Etwa 96 Seiten.

CLAUDE SIMON *Das Haar der Berenike*. Erzählung. Aus dem Französischen von Eva Moldenhauer. Etwa 64 Seiten.

ARNOLD STADLER *Ausflug nach Afrika*. Erzählung. Etwa 96 Seiten.

DIRK WITTENBORN *Bongo Europa*. Memoiren eines zwölfjährigen Sexbesessenen. Erzählung. Originalausgabe. Aus dem Englischen von Angela Praesent. Etwa 80 Seiten.